William
Shakespeare

新译 莎士比亚全集

KING JOHN

【英】威廉·莎士比亚—— 著

傅光明—— 译

约翰王

天津出版传媒集团
天津人民出版社

图书在版编目 (CIP) 数据

约翰王 / (英) 威廉·莎士比亚著；傅光明译. --
天津：天津人民出版社, 2021.5
（新译莎士比亚全集）
ISBN 978-7-201-16993-4

Ⅰ.①约… Ⅱ.①威… ②傅… Ⅲ.①历史剧–剧本
–英国–中世纪 Ⅳ.①I561.33

中国版本图书馆 CIP 数据核字(2020)第 258300 号

约翰王
YUEHANWANG

出　　版	天津人民出版社	
出 版 人	刘　庆	
地　　址	天津市和平区西康路 35 号康岳大厦	
邮政编码	300051	
邮购电话	(022)23332469	
电子信箱	reader@tjrmcbs.com	

责任编辑	赵子源
装帧设计	李佳惠　汤　磊

印　　刷	河北鹏润印刷有限公司
经　　销	新华书店
开　　本	880 毫米×1230 毫米　1/32
印　　张	7.25
插　　页	5
字　　数	130 千字
版次印次	2021 年 5 月第 1 版　2021 年 5 月第 1 次印刷
定　　价	68.00 元

目　录

剧情提要

　　英格兰约翰王是理查一世的弟弟，在哥哥亡故后依靠母后埃莉诺篡夺了王位。法兰西腓力国王由此质疑约翰王的合法性，声称支持约翰王四哥杰弗里的儿子亚瑟夺回王位。约翰王手握强权，不以为然，声称以战还战、以血还血。

　　大战在即，一桩财产继承权的讼案报请约翰王裁决。已故福康布里奇爵士的儿子罗伯特和私生子菲利普争得不可开交，罗伯特认为菲利普是理查一世的私生子，无权继承财产。埃莉诺见菲利普一表人才，且与理查一世长得一模一样，便劝他放弃财产，当一名军人征战沙场。菲利普决定跟随埃莉诺出征法兰西，并被约翰王封为理查爵士。

　　英法两国军队在昂热城外对峙，城民闭门不纳。腓力国王继续打着亚瑟的旗号要求约翰王交出王权，约翰王誓死不交，并劝亚瑟投降。埃莉诺与亚瑟的母亲康丝坦斯也分外眼红，于是争吵叫骂。

双方僵持不下，腓力国王吹号召集昂热城民。约翰王告知城民，法军已架好攻城大炮，他率军火速赶来，只为拯救受威胁的昂热，恳望进城驻扎；腓力国王则向城民表态，只要昂热接受亚瑟，他便安然撤兵，否则血洗昂热。城民则表示，谁最终证明自己是国王，便效忠谁。

英法两军鏖战胶着，城墙上的城民难判胜负。菲利普看穿城民故意戏弄两位国王，提议双方暂时讲和，联手一举攻下昂热后，再决一死战。城民眼见昂热将陷战火，提出和平良策——建议路易王太子娶约翰王的外甥女布兰奇公主为妻，若双方联姻，昂热将敞开城门，否则死守到底。约翰王赞同，当即表示把福克森等五个省连同布兰奇一起送给路易，另加三万马克英币。腓力国王见有利可图，便欣然接受。

康丝坦斯痛骂腓力国王背信弃义。然而，罗马教皇的使节、红衣主教潘杜尔夫的到来，使得形势又发生变化。

潘杜尔夫质询约翰王抗拒教廷，约翰王则强硬表态偏要孤身与教皇作对。潘杜尔夫当即诅咒约翰王，宣布开除其教籍，并撺掇腓力国王向其开战，否则也要受诅咒。见父王犹豫，路易表示效忠教皇。腓力国王决定遗弃约翰王，英法两军再次开战。最终英军取胜，约翰王俘虏亚瑟，命休伯特严加看管，并暗示他借机处死亚瑟。

潘杜尔夫为路易分析眼前形势，即使亚瑟还活着，只要约翰王听说路易进军英格兰，亚瑟必死无疑。到那时，英格兰势必民心反叛、陷入骚乱。何况此时菲利普正在英格兰洗劫教会，已使英国人的灵魂盈满敌意。在潘杜尔夫的鼓动下，路易表示愿意率军进攻英格兰。

休伯特不忍杀害亚瑟，打算用亚瑟已死的假消息糊弄约翰王。

约翰王在王宫第二次加冕，心情愉悦，表示乐意听取贵族们的要求。彭布罗克请求释放亚瑟，约翰王却宣布亚瑟已死。彭布罗克等贵族愤怒离开，去找亚瑟的墓。

这时信使来报，埃莉诺离世，康丝坦斯因发疯而死，路易率领法军已在英格兰登陆。

亚瑟之死引起民众惊恐。菲利普向约翰王禀报，百姓听信谣言，一位叫彼得的先知预言约翰王将在耶稣升天节的正午之前交出王冠。约翰王得知有些贵族怀疑自己杀了亚瑟，打算赖账，休伯特无奈拿出约翰王下令秘杀亚瑟的手谕。约翰王随即忏悔，休伯特说亚瑟还活着，约翰王深感庆幸，命休伯特赶紧去见那些心怀怒火的贵族，令其回心转意。

不料，本被休伯特放走的亚瑟，不幸从城墙坠亡。

菲利普快马加鞭，追上彭布罗克等贵族。贵族们表示不再支持约翰王，当他们看见亚瑟的尸体，纷纷痛斥谋杀行径，并决定投奔路易。

约翰王同意皈依教会，潘杜尔夫重新给他戴上王冠，并劝说路易罢兵。

此时菲利普来报，许多地方已向法军投降。约翰王满脸沮丧，说已与罗马和解。菲利普却不愿妥协让步，鼓励约翰王拿起武器，别指望潘杜尔夫能带来和平。约翰王命菲利普全权指挥战局。

贵族索尔斯伯里、彭布罗克、毕格特与路易达成协议，反叛约翰王。路易拒绝潘杜尔夫的说和，表示决不收兵。

两军再次交战，菲利普独自苦撑战局。约翰王身患热病，离开战场。受了致命伤的法军将领梅伦伯爵，临死前向索尔斯伯里道出实情，路易获胜后会杀死他们。几位贵族决定重新追随约翰王。路易正沉浸在胜利的喜悦里，信使来报，梅伦伯爵被杀，英格兰贵族又叛变了，援军的舰船在古德温暗沙失事沉没。

休伯特告诉菲利普，约翰王因中毒肠子突然迸裂。反叛的贵族们经亨利王子求情，约翰王赦其无罪。奄奄一息的约翰王此时得知菲利普的军队被海潮吞噬，当即断了气。

菲利普正招呼贵族们重返战场，此时潘杜尔夫带来路易议和的消息。菲利普随即向亨利王子表示效忠，愿他顺利登上王位，誓言英格兰过去从来不曾，将来也永不会，倒在征服者骄狂的脚下。

剧中人物

英格兰约翰国王	King John of England
亨利王子 国王之子,后为亨利三世	Prince Henry Son to John, afterwards King Henry Ⅲ
亚瑟 布列塔尼公爵杰弗里之子,国王之侄	Arthur Duke of Bretagne, son to Geffrey, John's nephew
威廉·马歇尔 彭布罗克伯爵	William Mareshall Earl of Pembroke
杰弗里·菲兹彼得 埃塞克斯伯爵,英格兰大法官	Geffrey Fitz-Peter Earl of Essex, chief-justiciary of England
威廉·朗索德 索尔斯伯里伯爵	William Longsword Earl of Salisbury
罗伯特·毕格特 诺福克伯爵	Robert Bigot Earl of Norfolk
休伯特·德·伯格 国王的管家	Hubert de Burgh Chamberlain to the King
罗伯特·福康布里奇 罗伯特·福康布里奇爵士之子	Robert Faulconbridge Son to Sir Robert Faulconbridge

菲利普·福康布里奇 罗伯特·福康布里奇之同母异父兄弟，理查一世之私生子

Philip Faulconbridge Robert Faulconbridge's half-brother, bastard son to King Richard I

詹姆斯·格尼 福康布里奇夫人之仆人

James Gurney Servant to Lady Faulconbridge

庞弗雷特的彼得 先知

Peter of Pomfret A prophet

腓力二世 法兰西国王

Philip II King of France

路易 法兰西王太子

Louis the Dauphin

奥地利大公 法国盟友

Archduke of Austria Allied to the French

潘杜尔夫红衣主教 罗马教皇英诺森三世的使节

Cardinal Pandulph The Pope's legate

梅伦 法国贵族

Melun A French lord

夏迪龙 法国使臣

Chatillon Ambassador from France to England

埃莉诺王后 亨利二世的遗孀，约翰王之母

Queen Elinor Widow of King Henry II and mother to King John

康丝坦斯 亚瑟之母

Constance Mother to Arthur

布兰奇 卡斯提尔国王阿方索八世之女，约翰王的外甥女

Blanch Daughter to Alphonso, King of Castile, and niece to King John

福康布里奇夫人 私生子和罗伯特·福康布里奇爵士之母

Lady Faulconbridge Mother to the Bastard and Robert Faulconbridge

众贵族，昂热市民，郡治安官，传令官，军官，士兵，信使，及其他侍从等

Lords, citizens of Angiers, Sheriff, Heralds, Officers, Solders, Messengers, and other Attendants

地点

有时在英格兰,有时在法兰西

约翰王

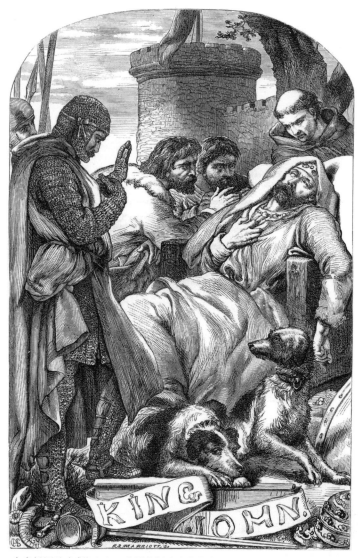

本书插图选自《莎士比亚戏剧集》（由查尔斯与玛丽·考登·克拉克编辑、注释，以喜剧、悲剧和历史剧三卷本形式，于 1868 年出版），插图画家为亨利·考特尼·塞卢斯，擅长描画历史服装、布景、武器和装饰，赋予莎剧一种强烈的即时性和在场感。

第一幕

第一场

英格兰,约翰王王宫

(约翰王①、埃莉诺②、彭布罗克、埃塞克斯、索尔斯伯里,及法兰西使臣夏迪龙上。)

约翰王　　　现在,说吧,夏迪龙,法兰西要我怎么样?

夏迪龙　　　法兰西国王叫我向这儿的英格兰君主,假冒的

---

① 约翰王(King John, 1166—1216):即约翰一世(John Ⅰ),绰号"无地王约翰"(John Lackland),亨利二世(Henry Ⅱ, 1133—1189)与埃莉诺王后所生幼子,1199年加冕为英格兰国王。

② 埃莉诺(Eleanor):即阿基坦的埃莉诺(Eleanor of Aquitaine, 1122?—1204),阿基坦公爵威廉十世(William Ⅹ, 1099—1137)之女,先嫁给法兰西路易七世(Louis Ⅶ, 1120—1180),参加过第二次"十字军东征"。废止婚约八周之后的1152年5月18日,圣灵降临节,与比自己小11岁的诺曼底公爵(Duke of Normandy)在普瓦捷天主教堂结婚。两年后,诺曼底公爵加冕为英格兰国王亨利二世。

君主①，先行致意，然后作如下陈述。

埃莉诺　　一句奇怪的开场："假冒的君主！"

约翰王　　好母亲，别开口，听使臣怎么说。

夏迪龙　　法兰西腓力②国王，代表已故令兄杰弗里③之子
　　　　　亚瑟·普朗塔热内④，对这美丽的海岛及所属领
　　　　　地——对爱尔兰、普瓦捷、安茹、都兰、缅
　　　　　因——提出最合法的继承权，要你放弃假冒的
　　　　　统治各个领地的权力之剑，把它们交到年轻的
　　　　　亚瑟，你侄子、合法的君王手里。

约翰王　　我若拒绝，又当如何？

夏迪龙　　那便是一场可怕的血战，用武力强制夺回这些
　　　　　被武力夺走的权利。——

---

　①历史上，被称为"狮心王"的理查一世（Richard Ⅰ，1157—1199）在去世前，将英格兰及所属领地交给最小的弟弟约翰。1199 年 5 月，约翰加冕，即约翰王。此为合法继位，并非"假冒的君主"。

　②腓力（Philip）：即腓力二世（Philip Ⅱ，1165—1223），著名的腓力·奥古斯都（Philip Augustus），路易七世之子，卡佩王朝（House of Capet，987—1328）第七任国王，1180 年至 1223 年在位。

　③杰弗里（Geffrey）：亨利二世的第四个儿子。

　④亚瑟·普朗塔热内（Arthur Plantagenet）：理查一世的另一个弟弟"布列塔尼的杰弗里"的遗腹子，后由父亲那儿继承了安茹（Anjou）、都兰（Touraine）、缅因（Maine）等公国。因此，腓力二世所言亚瑟对英格兰有继承权，只是莎士比亚在剧中的戏说，实无法理可依。"普朗塔热内"意为"金雀花"。

约翰王　　那我这儿便以战还战，以血还血①，以强制对强制：就这样回复法兰西国王。

夏迪龙　　那从我嘴里接受我王的挑战吧，这是使臣的最大权限。

约翰王　　把我的挑战带给他，你平安地去吧：愿你在法兰西国王眼里犹如闪电，因为不等你回禀，我已到达，你们就会听见我大炮的轰鸣②：好了，去吧！去做我的愤怒的号角，做你们自己覆灭的沮丧的预兆。——（向彭布罗克。）彭布罗克，你去护送，让他体面地离开。——再见，夏迪龙。（夏迪龙与彭布罗克下。）

埃莉诺　　儿子，这可怎么好？我不早说过，那个康丝坦斯③多有野心，为他儿子的权益，不把法兰西和全世界煽动起来不算完？这事原本可以避免，好说好商量，很容易解决，眼下，两个王国的争端非得靠可怕的血战裁决了。

约翰王　　强权在握，权利合法，对我有利。

_____

①　参见《旧约·创世记》9：6："凡流人血的，他的血也必被人所流。"《旧约·出埃及记》21：23—25："若有别害，就要以命偿命，以眼还眼，以牙还牙，以手还手，以脚还脚，以烙还烙，以打还打。"《旧约·申命记》19：21："你眼不可顾惜，要以命偿命，以眼还眼，以牙还牙，以手还手，以脚还脚。"《新约·马太福音》5：38："你们曾听有这样的教训说：'以眼还眼，以牙还牙。'"

②　火炮第一次用于战争，是在1346年的英法克雷西之战（battle of Cressy）。

③　康丝坦斯（Constance）：布列塔尼公爵（Duke of Brittany, 1138—1171）、柯南四世（Conan Ⅳ）的继承人，1181年与杰弗里结婚，生子亚瑟。

埃莉诺　　(旁白。对约翰。)手握强权比权利合法更牢靠，不
　　　　　然，你我都倒霉：

　　　　　　　　这可是我对你附耳说的贴心话，

　　　　　　　　除了上天、你和我，无人知晓。

(一郡治安官上。向埃塞克斯耳语。)

埃塞克斯　　陛下，这儿有一桩来自乡下的纠纷案请您裁
　　　　　决，奇怪极了，从没听说过：我把他们带来？

约翰王　　让他们来吧。(治安官下。)——这笔突如其来的
　　　　　费用，由大大小小的修道院承担。——(罗伯
　　　　　特·福康布里奇与私生子菲利普上。)你们是什么人？

私生子　　我是您忠诚的臣民，一名绅士，北安普顿郡
　　　　　生人，照我想，是老罗伯特·福康布里奇的长
　　　　　子，他是一名战士，由狮心王亲赏荣耀，在战
　　　　　场上受封为骑士。

约翰王　　(向罗伯特。)你是干什么的？

罗伯特　　我是那同一位福康布里奇的儿子和继承人。

约翰王　　那个是长子，你是继承人？这么说，看来你俩
　　　　　不是一母所生。

私生子　　一母所生，千真万确，高贵的国王，这谁都知
　　　　　道，而且，依我看，也是同一个父亲：不过，要
　　　　　弄清这事儿的真相，您得直接去问上天①，问

——————————

① 此处上天或指上帝。

我母亲:这事儿我觉得有蹊跷,谁家子女都会疑心。	
埃莉诺	该诅咒的,你真粗鲁! 你这样猜疑,羞辱了你的母亲,败坏了她的名誉。
私生子	我吗,夫人? 不,我对此没理由猜疑。那是我弟弟的陈诉,不是我的。他若能证明这一点,就会夺去我至少每年足足五百镑的收入:愿上天守护我母亲的名誉和我的土地!
约翰王	(旁白。)好一个直肠子。——(向菲利普。)他比你小,凭什么索要你的继承权?
私生子	能夺走土地,除此之外,我不知道为什么:可他曾拿私生子诽谤我。但我到底是不是私生,这事儿得落我妈头上。那我也出身很好,陛下,——愿受累生了我的那副骸骨享清福吧!——比照我俩的面孔,您自己下判断,如果我们真是罗伯特老爵士所生,他是我们的父亲,而这个儿子长相随他:啊,罗伯特老爵士,父亲,我愿跪倒在地,感谢上天我长得不像您。
约翰王	嘿,上天竟把一个狂人送我这儿来了!
埃莉诺	他脸上的神情像狮心王,说话的口音也像。你没从这人的健壮身形看出有哪儿像我儿子吗?
约翰王	我把他周身上下仔细打量,觉得跟理查一模一

样。——(向罗伯特。)小子①，说，怎么想起向你哥哥索要土地？

私生子　　因为他侧脸像我父亲。仅凭半张脸，就弄走我全部土地——仅凭一枚侧脸格罗特②——就弄走我一年五百镑！

罗伯特　　仁慈的陛下，先父在世时，您的兄长曾重用过先父，——

私生子　　算了，先生，光说这个你得不到土地：你非得编个故事，说他如何用了我母亲③。

罗伯特　　一次，他受命出使日耳曼④，跟那边的皇帝商讨涉及当时的重大事务。狮心王趁先父不在，便待在他家里。至于他如何得手，我羞于启齿。但事实就是事实：先父亲口告诉我，当这位浑身是劲儿⑤的先生坐胎时，先父跟我母亲之间隔着广阔的海洋、海岸。先父临终立下遗嘱，把土地传给我，发死誓绝不承认我母亲的这个儿子是他的骨肉；如果是，他来到人世，就足足早了

---

① 小子(sirrah)：对下人的一种蔑称。

② 格罗特(groat)：一种面值四便士的银币，上面刻有国王的侧脸像，转义指不值钱的小硬币。

③ 此句或含性意味，"故事"(tale)或暗指"生殖器"(genitals)，"使用"(employed, i.e. made use of)暗指"性占有"(occupied sexually)。

④ 约翰王曾作为理查一世的使臣，前往日耳曼(Germany)。

⑤ 浑身是劲儿(lusty, i.e. vigorous, lively)：暗指私生子菲利普是"情欲的产物"。

十四个礼拜。那么,好心的陛下,把先父的土
地,按先父的遗嘱,判给我,它本该属于我。

约翰王 小子,你哥哥是合法继承人:他是你父亲的老
婆在婚后生的。要是她不忠,罪孽在她,这是所
有娶老婆的丈夫必冒的风险。照你说,是我哥
哥受累生的这个儿子,那假如他向你父亲讨要
这个儿子,告诉我,该怎么办?说实话,好朋友,
估计你父亲会把他的母牛生的这头牛犊儿留
下,谁也不给①:真的,他会的。这样一来,即便
他是我哥哥的种儿,我哥哥也不可能出面讨
要;而你父亲,明知儿子不是自己的,也不会把
他一脚踢开。那就这么定了:我母亲的儿子生
了你父亲的继承人,你父亲的继承人理应继承
你父亲的土地。

罗伯特 那我父亲所立剥夺非亲生子继承权的遗嘱丝
毫无效?

私生子 依我看,先生,剥夺我继承权的效力,丝毫不比
他当初生我的欲念②更大。

埃莉诺 (向菲利普。)你到底想选哪个:像你弟弟一样,做
福康布里奇家的人,享有你的土地,还是做狮

---

① 母牛主人有权保留母牛生的所有牛犊儿。
② "欲念"(will)一语双关,是对上句中"遗嘱"(will)的词义转化,在此既指"遗
嘱",亦指"肉欲"(carnal desire)和"阴茎"(penis)。

心王为人公认的儿子，只是自己的主人，寸土
没有？

私生子　　夫人，若我弟弟长得像我，我长得像他，像他那
样长得像罗伯特爵士；若我的两条腿细如马
鞭，双臂像鳗鱼皮里塞满东西，脸瘦得不敢在
耳根夹玫瑰花，怕到时有人说："瞧，路上走着
一枚三法寻①的小钱儿！"若单凭这副身形便可
继承全部土地，我情愿放弃每一寸土地，留着
自己这张脸，绝不离开这儿：说什么我也不做
诺布爵士②。

埃莉诺　　我很喜欢你，你愿放弃财富，把土地给他，跟随
我吗？我是个军人，马上要进兵法国。

私生子　　弟弟，把我的土地拿去吧，我要去撞大运。

你的脸一年进项五百镑，

可这张脸卖五便士都贵。③——

夫人，我愿追随您，至死不悔。

埃莉诺　　不，我愿你走在我前面。

_____

①　三法寻（three-fathering）：伊丽莎白时代铸造的一种小银币，币面很薄，上刻
有女王侧面像，女王耳后饰有玫瑰花。另，当时男性亦有在耳根夹玫瑰花或丝缎制的
玫瑰花的习惯。此处，私生子菲利普以币值三法寻的小银币比喻罗伯特身形单薄。

②　诺布爵士（Sir Nob）：是罗伯特爵士的昵称，含"头"（head）和"一家之主"（head
of the family）的两种意思。

③　此处为菲利普对弟弟罗伯特的反讽，他在前文说弟弟的脸像面值四便士的
格罗特（groat），自然嫌卖五便士都贵。

私生子　　　我们乡人的礼仪是长者为先。

约翰王　　　你叫什么名字？

私生子　　　我名字的开头儿，陛下，是菲利普；——高贵的
　　　　　　罗伯特老爵士之妻所生长子，菲利普。

约翰王　　　你长得那么像他，从此就用他的名字。你跪下
　　　　　　是菲利普，起身之后更高贵。(授封菲利普为骑士。)
　　　　　　起来，理查爵士，普朗塔热内①是你的姓氏。

私生子　　　　　同母异父的弟弟，把你手给我：

　　　　　　　　我父给我荣誉，你父给你土地。

　　　　　　　　我坐胎之时罗伯特爵士不在家，

　　　　　　　　那一刻不论白昼此时都受祝福！

埃莉诺　　　真有普朗塔热内那股精神！我是你祖母，理查：
　　　　　　就这么叫我。

私生子　　　祖母，命运使然，未守忠贞：那又如何？

　　　　　　　　真有那么点儿，不走正道儿，

　　　　　　　　若不翻窗户，就得跨小门儿。②

　　　　　　　　白天不敢动，只能夜里起劲。③

　　　　　　　　干就干了，反正男人抓在手：

---

　　　①此处指"金雀花王族"。

　　　②此句中的"窗"(window)和"小门"(hatch)，均含性意味，暗含阴道。"小门"
(hatch)指旧时上下开合的门的下部。

　　　③此句中的"动"(stir)和"起劲"(walk)，均含性意味，暗指勃起(get an erection)，
意为：出轨的事儿，白天不敢干，只能晚上来。

约翰王　你跪下是菲利普,起身之后更高贵。起来,理查爵士,普朗塔热内是你的姓氏。

　　　　　　管它是否靶心，射了就算赢，①

　　　　　　我就是我，把我生下来就行。

约翰王　　　去吧，福康布里奇：你心愿已遂，

　　　　　　无地的骑士使你成了有地的侍从。

　　　　　　来吧，母亲，理查，我们尽快走，

　　　　　　去法兰西，去法国，一刻别耽搁。

私生子　　　弟弟，再见吧：愿你时来运转，

　　　　　　因为你是婚姻正道儿生出来的。②（除私生

　　　　　　子，同下。）

　　现在荣誉等级比原来高了，好多好多土地却一点儿

没剩。好吧，现在我能随便把哪个叫琼③的村妞

儿变成贵妇人。——"晚安，理查爵士！"——

"愿上帝保佑你，伙计！"——他若叫乔治，我就

叫他彼得；因为新贵老记不住人名儿：——记

住人家叫什么，太谦恭，太随和，与新头衔不

符。——现在，你那位旅行家④，——他嘴里叼

着根牙签，与我这新封的爵士同桌用餐，等我

的爵士胃吃饱喝足，我便嘬着牙花子，询问那

---

　　① 此句以射箭术语暗指性事。

　　② 英格兰旧时俗谚称："私生子天生幸运。"（Bastards are born lucky.）此处，作为
私生子，菲利普故意说反话，祝婚生的弟弟时来运转，实则暗示自己势必交上好运。

　　③ 琼（Joan）：为当时乡村或下层女性典型的名字。

　　④ 此句原为"Now your traveller"，从上下文衔接来看，似显突兀。

位四处游历的浮华挑剔①之人:————"亲爱的先生,"我就这样,胳膊肘支着桌子,开口招呼,——"我向您请教,"——我刚一发问,他便立刻搭腔,答得像启蒙课本一样:——"啊,爵士,"他回话说,"甘愿听命,由您差遣,乐意效劳,爵士。""不,先生,"发问的说,"我,亲爱的先生,愿为您效劳。"一来二去,除了寒暄客套,答话人搞不清问话人想问什么,谈谈阿尔卑斯山、亚平宁山、比利牛斯山和波河②,——说完就快到晚饭时间了。但这是尊贵的社交圈子,适合我这样有上升精神的人;因为一个人若不显出时尚气息,顶多算时代的私生子;甭管我有没有时尚气息,我本来就是私生子:不仅穿戴、纹章设计、外形仪表和正式服饰要讲究,还要由衷地以甜、甜、甜腻腻的谄媚逢迎时代的口味。我不想用这套本领去骗人,但为避免被人骗,我非得把它学会;因为在我升至伟大的步履中撒满了这甜蜜的毒药。——可谁从那边穿着骑马装急匆匆赶来?这位飞骑女信差①

---

① 此处暗讽上句提及的"嘴里叼着根牙签"的旅行者,是位"浮华挑剔之人"(picked man)。牙签发明于东方,伊丽莎白时代使用牙签者以此显示自己乃游历各国的旅行家,是一种时髦。

② 波河(river Po):意大利最长的一条河。

　　　　　　　　　是谁？难道她没有丈夫设法先行一步

　　　　　　　　　吹号角②吗？

(福康布里奇夫人与詹姆斯·格尼上。)

　　　　　　　　　天呐，是我母亲！——怎么了，尊贵的

　　　　　　　　　夫人？您为什么事儿这么赶着进宫？

福康布里奇夫人　　你弟弟那个坏东西在哪儿？他在哪儿？

　　　　　　　　　追猎似的满世界败坏我名声。

私生子　　　　　　我弟弟罗伯特？老罗伯特爵士的儿

　　　　　　　　　子？那个像巨人科尔布兰德③一样的

　　　　　　　　　壮汉？您在找罗伯特爵士的儿子？

福康布里奇夫人　　罗伯特爵士的儿子！是的，你这无礼

　　　　　　　　　的孩子，我在找罗伯特爵士的儿子：

　　　　　　　　　你干吗要讥讽罗伯特爵士？他是罗伯

　　　　　　　　　特爵士的儿子，你也是。

私生子　　　　　　詹姆斯·格尼，你能回避一下吗？

格尼　　　　　　　再见，亲爱的菲利普。

---

　　①伊丽莎白时代，飞骑信差专门负责给女王送信。为保证送信速度，驿马飞驰，换马不换人。

　　②号角(horn)：此处为双关语，既指报告信差到来的号角，亦指被老婆戴绿帽子的丈夫头上长的角。按当时民间传说，若妻子不贞洁，丈夫的前额会长出角来。

　　③巨人科尔布兰德(Colbrand the Giant)：即在英国传奇故事中被神勇的"沃里克的盖伊"(Guy of Warwick)杀死的丹麦巨人。

私生子　　　　　　菲利普？——麻雀①！——詹姆斯，这有点儿小状况，我待会儿告诉你。（詹姆斯·格尼下。）夫人，我不是罗伯特老爵士的儿子：罗伯特爵士可以在耶稣受难节那天，吃他长在我身上的那块儿血肉，绝不算破戒。②以圣母马利亚起誓，我承认，罗伯特爵士床上功夫很棒，可他能生下我吗？——罗伯特爵士没本事生我，——他的作品③咱都认识，——所以，好心的母亲，我这套胳膊腿儿欠了谁的债？造这样的腿，罗伯特爵士永远帮不上！

福康布里奇夫人　　你跟你弟弟谋划好了？即便为你自身利益，也该维护我的名誉。这样挖苦我用意何在，你这不讲礼数的无赖？

----

① 私生子被授封为骑士后，已改叫"理查·普朗塔热内（金雀花）爵士"，他将以前的名字菲利普贬为"麻雀"（sparrow）。关于此，历来注家有两个说法：一、菲利普是像麻雀一样众人皆知的俗名；二、菲利普的读音很像麻雀的叫声。

② 耶稣受难节（Good Friday），复活节（Easter Sunday）前一个星期五，是罗马天主教最神圣的节日，当天斋戒不吃血肉。菲利普乃私生子，父亲是理查一世，并非罗伯特老爵士亲生骨肉，故而反讽说，在斋戒日这天"吃他长在我身上的那块儿血肉，绝不算破戒"。

③ 他的作品（his handiwork）：菲利普指自己的同母异父弟弟罗伯特·福康布里奇。

私生子	是骑士，好母亲，像巴西利斯科①一样的骑士！怎样！我已被授予骑士；剑放我肩上②，我是骑士了。可是，母亲，我不是罗伯特爵士的儿子：我已放弃同罗伯特爵士的父子关系；我的土地，合法身份，还有姓氏，全没了。好吧，亲爱的母亲，让我知道我的生父是谁。希望是位可敬之人：是谁，母亲？
福康布里奇夫人	你断了跟福康布里奇家族的关系？
私生子	像跟魔鬼脱离关系一样真心实意。
福康布里奇夫人	狮心王理查是你的生父：禁不住他长期激烈求爱，我受了诱惑，在我丈夫的床上给他腾出空来：愿上天别把我的罪算我头上③！求爱如此猛烈迫切，我抗拒不了，你就是我这珍爱之罪的

---

① 巴西利斯科（Basilisco）：当时流行的一部戏《索丽曼与珀西达》（*Soliman and Perseda*）中的人物，该戏据称出自托马斯·基德（Thomas Kyd, 1558—1594）的手笔。巴西利斯科是剧中一位夸夸其谈的骑士，曾被仆人称为无赖。私生子（菲利普）新封骑士，在此强调自己不是无赖，是骑士。

② 指授封骑士的仪式，由国王将剑置于受封者肩上。

③ 参见《旧约·申命记》21：8：“上主啊，求你饶恕你从埃及拯救出来的以色列子民，求你饶恕我们，别叫我们担负杀害无辜者的血债。”《新约·使徒行传》7：60：“他（司提反）又跪下来，大声喊道：‘主啊，不要把这罪归给他们！’”《新约·提摩太后书》4：16：“愿上主不加罪于他们！”

产物。

私生子　我以这天光起誓,母亲,此时若再投胎一次,我不希望有比他更好的父亲:世上有些罪过理当豁免,您的罪过就该这样。您的过错并非放荡:在他支配下, 您必须把心当成臣服的贡物,献给他的威严之爱,他那狂怒的、无与伦比的力量,连无畏的雄狮都难以匹敌,高贵的狮心也休想逃出理查的手掌:以强力掏狮心之人①,能轻易赢得一颗女人的心。啊,母亲,我替我父亲,由衷感谢您!

谁敢说我坐胎之时您犯了错,

我一定把他的灵魂送入地狱。

来,母亲,带您进宫见亲眷,

他们会说,理查使我怀胎时,

您若一口回绝,那才是罪恶:

说有罪的撒谎,我说您无过。(同下。)

---

①"理查掏狮心"的故事详见 16 世纪早期刊行的一首传奇叙事诗《狮心理查》(*Richard Ceur de Lion*),讲述理查被奥地利大公囚禁,比武时,一拳打死了大公的儿子。大公暴怒,命人将一头饥饿的雄狮驱入囚室,理查把手伸入狮口,掏出狮心。"狮心理查"由此得名。

第二幕

第一场

法兰西,昂热①城墙前

(法兰西国王腓力二世率军,路易王太子、康丝坦斯、亚瑟及侍从等自一方上;奥地利大公率军自另一方上。)

腓力国王　　勇敢的奥地利大公②,很高兴在昂热城下相会。——亚瑟,你亲族中的伟大先辈,那位力掘狮心、在巴勒斯坦进行"圣战"的理查③,就是被这位勇敢的公爵提早送进了坟墓④。

――――――――――

① 昂热(Angiers):位于法国西部,当时为安茹帝国(Angevin Empire)的首都。

② 奥地利大公(Austria):即历史上的奥地利大公(Duke of Austria)利奥波德五世(Leopold V, 1157—1194)。在此,奥地利大公身上所披的狮子皮,显然为理查杀死的那头雄狮的皮,原为理查旧物。故而,在后面剧情中,私生子不断向奥地利大公挑衅。

③ 理查曾于1189年至1192年率英军,与法兰西国王腓力二世和神圣罗马帝国皇帝"红胡子"腓特烈一世(Frederick, 1122—1190)等组成联军,发起第三次"十字军东征",进军巴勒斯坦。

④ 历史上,曾于1192年囚禁理查的奥地利大公早在约翰王继位前五年的1194年坠马而死。理查则于1199年,在攻打利摩日子爵(Viscount of Limoges)艾马尔·博索(Aimar V Boso, 1135—1199)的城堡时,中箭而亡。在此,莎士比亚将利奥波德五世同利摩日子爵合二为一,"戏说"理查命丧奥地利大公之手。

为补偿理查后人,他受我之邀,前来展开
旌旗,孩子,为你助战;谴责你那背弃亲情
的叔叔,英国约翰的篡位行径:拥抱他,爱
他,欢迎他来这儿。

亚瑟　　　　（向奥地利大公。)上帝将宽恕您杀死狮心王,
何况您把生命给予他的后人,用您战斗的
双翅庇护他们的权利①。我用一只毫无战
力之手欢迎您, 心底却充满毫无瑕疵的
爱:欢迎您兵临昂热城下,公爵。

腓力国王　　一个高贵的孩子! 谁不愿为你的权利而战?

奥地利大公　我把这诚挚的一吻放在你的面颊, 像印
鉴落在这份爱的契约:——我要让昂热
和你在法兰西的所属权利, 连同那把咆
哮潮汐踢回大海、环护岛民免遭异邦欺
凌的面容苍白的海岸②, 向你致敬,——
让那以大海做围篱的英格兰, 让那始终
保卫、并自信能抵御外族威胁的以水为
墙的壁垒, 向你致敬,——甚至让西方最

① 参见《旧约·诗篇》17∶8:"求你保护我,像保护自己的眼睛;/让我躲藏在你
的翅膀下。"36∶7:"上帝啊,你不变的爱多么宝贵!/人都在你的翅膀下找到庇护。"
57∶1:"上帝啊,……我要在你翅膀下求庇护,直到灾难的风暴过去。"61∶4:"让我
在你(上帝)的翅膀下得庇护。"63∶7:"我在你(上帝)翅膀的庇护下欢唱。"91∶4:
"他(上帝)要用翅膀庇护你。"

② 指英国南部与法国隔岸相对的白垩海岸。

远的角落①，也来向你致敬，让它们尊你为
王，否则，我再不还家：不到那一刻，好孩
子，我一心作战，绝不想家。

康丝坦斯　啊，请先接受他母亲的感谢，一位寡母②的
感谢。有朝一日，您的实力将帮他变强大，
到时再由他多多报偿您的厚爱。

奥地利大公　上天的和平，赐予为这场正义、仁爱之战
拔剑而出的人。

腓力国王　那好，开战：将炮口对准这座坚固城池的
城垛。——召集指挥官制定战术，选好最
佳攻城位置：若不叫它臣服于这个孩子，
我愿陈尸城下，愿在法国人的血泊中跋涉
进城。

康丝坦斯　还是先等您使臣的回禀，以免轻率攻城，
令刀剑染血。我们在这儿想用战争夺取的
权利，没准儿夏迪龙大人能从英格兰平安
带回。到那时，我们将为因冒失而如此含
冤流出的每一滴血懊悔不已。

（夏迪龙上。）

---

①指位于苏格兰东北设得兰群岛（Shetland Islands）中最大的梅因兰岛（Main-land）。

②据史实，康丝坦斯此时已嫁第三个丈夫，并未守寡。

腓力国王　　真奇妙，夫人：——瞧，你刚一念叨，我的使臣
　　　　　　夏迪龙就到了。——高贵的大人，长话短说，
　　　　　　英格兰国王怎么说。我静等你开口。说吧，夏
　　　　　　迪龙。

夏迪龙　　　那把您的军队调开，围攻这座城微不足道，激
　　　　　　发士气准备更大的行动。您的正义要求，惹恼
　　　　　　了英格兰国王，他已拿起武器：逆风耽误了我
　　　　　　的行程，使他的军队赢得时间，全速赶上，与我
　　　　　　同时登陆。他的部队正向此城急行军，兵强马
　　　　　　壮，士气昂扬。他的母后随军前来，那是一个挑
　　　　　　唆他流血、争斗的阿忒女神①：她的外孙女，西
　　　　　　班牙的布兰奇公主与她同行；一个已故国王的
　　　　　　私生子也跟了来；其余全是英格兰的乌合之
　　　　　　众，—— 一群鲁莽、不管不顾、心焦气躁的志
　　　　　　愿兵。这帮兵长着娘们儿脸②，脾气大得像猛
　　　　　　龙，——他们卖掉所有家产，置办铠甲、兵器，
　　　　　　到这儿来冒险发横财：简言之，从没一支天不
　　　　　　怕地不怕的舰队，比眼下这批英国战船更威风
　　　　　　地乘着涨潮的海浪，前来冒犯、危害信奉基督
　　　　　　教的国家。(鼓声。)他们粗野的鼓声打断我详述

――――――――――――――――

　　①阿忒女神(Ate)：希腊神话中引诱人或神失去理智而发狂，制造混乱和复仇的
女神。

　　②指这群志愿兵都很年轻，脸上尚未长出胡子，瞅着像女人似的。

腓力国王　真奇妙,夫人:——瞧,你刚一念叨,我的使臣夏迪龙就到了。

军情。英国人近在眼前。因此,谈判,还是
战斗,准备吧。

腓力国王　　　　没想到英军这次远征如此迅疾!

奥地利大公　　　既如此出乎意料,更须全力备战,因为临
危之际勇气随势而生。让他们来吧,欢迎:
我们准备就绪。

(约翰王、私生子、埃莉诺、布兰奇、彭布罗克及其他人上。)

约翰王　　　　　倘若法兰西国王和平地允许我合法继承
世袭领地,愿法兰西安享和平;如若不然,
让法兰西流血,让和平升至上天。眼下,我
乃上帝愤怒的代表,谁敢倨傲蔑视,把上
帝的和平赶回天国,我就惩罚谁①。

腓力国王　　　　倘若战火由法兰西烧回英格兰,你们在那
儿平安度日,愿英格兰安享和平。我爱英格
兰,为那个我所爱的英格兰,我在这儿身
负铠甲,挥汗出战:这份苦差②本是你的责
任;可你对英格兰太绝情了,竟试图推翻
它的合法君王,剪断它合法的继位血脉,蔑
视少主之威严,糟蹋王冠之贞洁美德。——

---

①参见《新约·罗马书》13:4:"因为他是上帝所用之人,他的工作对你有益。你
如果作恶,你就得怕他,因为他的惩罚并非儿戏。他是上帝所用之人,要执行上帝对
那些做恶之人的惩罚。"

②这份苦差(this toil):指支持亚瑟的事业。

（手指亚瑟。）看这儿，他脸上有你哥哥杰弗里的容颜：——一双眼，两道眉，都是从他模子里铸出来的。这小小的缩影里包含着已故杰弗里的辉煌，时间之手将把这缩影绘成鸿篇巨制。那位杰弗里是你亲哥哥，这是他儿子；英格兰王权当由杰弗里继承，而他正是杰弗里的继承人：那么，我以上帝的名义问你，他理应拥有被你夺去的王冠，而此时，他鲜活的血液正在他圣殿①里流淌，你凭什么称王？

约翰王　　法兰西国王，谁给了你这一伟大的担保，让我回答你的指控？

腓力国王　是天堂里的那位审判者②，他在任何一个强权者心里激起善念，要他们调查对正义的玷污：那位审判者要我做这个孩子的监护人，授权我控告你的罪恶，而且，有他相助，我要对此进行严惩。

约翰王　　呜呼！你这是篡权。

腓力国王　这是打倒篡权者的充分理由。

埃莉诺　　法兰西国王，你说谁篡权？

———

①圣殿（temples）：指身体。此为对《圣经》的化用，参见《新约·约翰福音》2·21："其实，耶稣所说的圣殿是指他的身体。"

②天堂里的那位审判者（supernal judge）：即上帝。

康丝坦斯	我来回答：——就是你篡位的儿子。
埃莉诺	滚，狂妄！你想叫你生的野种当国王，那样你就能当王太后，掌控全世界！
康丝坦斯	我的床一向忠于你儿子，像你的床忠于你丈夫一样。约翰的举止像你，——尽管雨长得像水，魔鬼长得像他老娘，却比不过这孩子跟他父亲杰弗里长得更像。说我儿子野种？以我的灵魂起誓，我觉得他父亲的种儿倒没这么纯正：有你这样的母亲，他怎么可能纯！①
埃莉诺	你真有一位好母亲，孩子，她诽谤你父亲。
康丝坦斯	你真有一位好祖母，孩子，她竟然污辱你。
奥地利大公	安静！
私生子	听传呼员②的。
奥地利大公	你是什么鬼东西？
私生子	公爵，我是来跟你捣乱的，咱俩单打独斗，我准能把你和你的狮子皮③全逮住。你就

---

①康丝坦斯意在侮辱埃莉诺不贞洁。埃莉诺原为法兰西国王路易七世的王后，因红杏出墙离异，后于1151年嫁给英格兰国王亨利二世。

②传呼员（crier）：法庭开庭前，一般先由传呼员高喊"肃静"。在此，私生子讥笑奥地利大公只不过是一个法庭上喊"肃静"的传呼员。

③按剧中所说，狮心王理查掏出了狮心，奥地利大公杀死了理查，把那张狮子皮当战利品披在身上，故而激怒了私生子。

是俗语里说的那只兔子,勇气大得敢扯死
狮子的胡子。①别让我逮着你,逮着我就把
你的皮袍子打冒烟。小子,当心点儿:以信
仰起誓,我会的,以信仰起誓。

布兰奇　　　啊,剥狮皮之人,身披狮皮最合体!

私生子　　　他的狮皮真合体,活像大力神阿尔喀德斯②
的狮皮披在了驴身上。

可是,驴呀,我要把那负担③扒下来④,
要不,我就骑上去,把你的肩膀敲碎。

奥地利大公　这个大话连篇吹牛皮的人是谁?把耳朵都
震聋了。——腓力国王,我们怎么办,马
上决定。

腓力国王　　女人和傻瓜,别吵嘴了。约翰国王,这是全
部要求:我以亚瑟的名义,向你索要英格
兰、爱尔兰、安茹、都兰、缅因,你愿不愿交
出它们,放下武器?

约翰王　　　我誓死不交。——法兰西国王,我向你挑

---

① 指一句拉丁文古谚:"兔子也敢从死狮子身上跳过去。"

② 阿尔喀德斯(Alcides):即希腊神话中的大力士英雄赫拉克勒斯(Hercules),阿
尔喀德斯是其本名。赫拉克勒斯有十二神迹,其中之一便是杀死尼米亚的猛狮(Ne-
mean Lion),把狮皮做成利品披在身上。

③ 负担(burden):指狮子皮。

④ 此句原文为"I'll take that burden from your back",可直译为"我要把那重负从
你背上卸下来"。

战。——布列塔尼的亚瑟,投降吧。出于挚
爱,我给予你的,一定比你从懦弱的法兰西
国王那儿得到的更多。归顺我,孩子。

埃莉诺　到祖母这儿来,孩子。

康丝坦斯　去,孩子,找祖母去,孩子。把王国给祖母,祖
母会赏你一枚洋李,一颗樱桃,一个无花果:
那真是你的好祖母。

亚瑟　别说了,我的好母亲,我恨不得自己已归于
坟墓,为我弄出这乱子,不值得。

埃莉诺　他母亲叫他丢了脸,可怜的孩子,他哭了。

康丝坦斯　甭管他母亲丢不丢脸,现在丢脸的是你:是
他祖母的邪恶,而非他母亲的羞愧,从这可
怜孩子的眼里,引出令上天动情的泪珠,上
天会拿他的眼泪作为天性的报酬:是的,这
些晶莹的泪珠能买通上天,为他主持正义,
向你复仇。

埃莉诺　你这贬天损地的毁谤者!

康丝坦斯　你这诋毁天地的害人精!别说我毁谤:分明
是你们母子,从这遭罪的孩子手里,篡夺了
领土、王权和权利。这是你长子的儿子,除了
有你这么个祖母,他没有别的不幸。你犯罪,
却叫这可怜的孩子受惩罚:他与你孕育罪恶

的胎宫只一代之隔，神的戒律①便落在他

身上。

约翰王　　　住口，疯婆子！

康丝坦斯　　我只说这一条：——他不仅因她的罪遭报

应，上帝还让她的孽子②同她一起惩罚这隔

代的孩子，孩子因她遭报应，还要遭她孽子

惩罚。他因她的罪受伤害，本该她受伤害，一

切因她而起，惩罚全落在这孩子身上：叫她

遭瘟疫去吧③！

埃莉诺　　　你这粗心的泼妇，我可以拿份遗嘱给你看，

上面写明你儿子没有合法继承权。

康丝坦斯　　是呀，谁还能怀疑不成？遗嘱！一份邪恶的遗

嘱，一个女人的心愿，一个烂了心的祖母的

心愿！

腓力国王　　别说了，夫人。要么闭嘴，要么心平气和地

说。以我的身份，不适于为这粗言恶语的对

骂呐喊助威。吹号，把昂热城民召到城墙上

来：我问问他们，承认君权归谁，约翰，还是

---

①　神的戒律(the canon of the law)：此处化用《圣经》，指上帝制定的"摩西十诫"
之第二戒，参见《旧约·出埃及记》20：5："恨我(上主)之人，我要惩罚他们，由父及
子，直至三四代子孙。"

②　她的孽子(her sin)：指约翰王。康丝坦斯暗示约翰王是埃莉诺与人通奸所生，
故称"孽子"。

③　此句原文为"a plague upon her"，一种诅咒语，梁实秋译为"她真是罪该万死"。

约翰王　本王在此，代表英格兰。——昂热城民们，我亲爱的臣民，——

亚瑟。

（号角齐鸣。昂热城及其他城的城民现身城墙上。）

城民　　　是谁把我们召上城头儿？

腓力国王　法兰西国王在此，代表英格兰。①

约翰王　　本王在此，代表英格兰。——昂热城民们，
　　　　　我亲爱的臣民，——

腓力国王　亲爱的昂热城民，亚瑟的臣民，是我用号声
　　　　　召你们来和谈。——

约翰王　　既然为我的利益，那先听我说。在你们眼前
　　　　　和城下炫耀的这些法兰西军旗，是来危害你
　　　　　们的：他们把愤怒填满炮膛，架好炮，准备把
　　　　　钢铁的怒火喷向你们的城墙：这些法国人已
　　　　　准备好一切，你们这城市的双眼，那紧闭的
　　　　　城门，面临血腥的围城和残忍的进攻：若非
　　　　　我率军赶来，那像腰带一样围护你们安睡的
　　　　　城墙，被大炮一轰，这时怕早与砂浆的坚固
　　　　　墙基分离，一场大屠杀在所难免，因为血腥
　　　　　的暴力冲垮了和平。但一看到我，你们的合
　　　　　法国王，——我不辞辛劳，急行军火速赶来，
　　　　　在你们城门前制止了一场暴行，使你们受威
　　　　　胁的城市面颊免遭抓伤。——瞧，法国人乱

————————————

　　①腓力国王言下之意是，亚瑟即将成为英格兰国王。

了阵脚，允许和谈。眼下，他们不再用出膛的炮弹把你们的城墙震得发烫，而只射来裹着烟雾的和平词语，要拿靠不住的谎言欺骗你们的耳朵：相信我的话，善良的市民，让我进城吧，我是你们的国王。我一路行军，火速赶来，鞍马劳顿，恳望在城里安营驻扎。

腓力国王　等我说完，你们一并答复。(牵亚瑟手。)瞧！他是年轻的普朗塔热内，我曾凭这只右手发下最神圣的誓言，保护他的正当权利。他是这个人①的长兄之子，应是他②和他③所享有的一切的国王：为了这遭霸占的权利，我率大军前来，踏上你们城前这片绿茵茵的草场，实属迫不得已，我对你们毫无敌意，只是激于义愤和良心④，想解救这个受压迫的孩子。那请欣然向这位年轻的王子效忠吧，这是你们名正言顺的责任，他有这个权利。由此，我的军队，便像戴了口套的熊，除了样子吓人，谁也伤不着；我会把大炮的怨恨，徒劳地射向空中无法伤害的云朵；而且，我们带着祝福，安然撤兵，刀剑无损，盔不留痕，我们将

---

① ② ③ 皆指约翰王。
④ 此处，"良心"（religiously）有"宗教上的神圣法则"之意。

把准备在这儿喷向你们城池的满腔热血带回家，让你们和你们的妻儿老小安享和平。但倘若你们执迷不悟，拒不接受我的建议，那你们面容苍老的城墙可挡不住我的炮弹，你们无处可藏。就算把这些训练有素的英国人都布置在环城简陋的掩体里，也无济于事。因此，告诉我，我代表那位王子前来挑战，你们这座城，是愿称我为主人，还是等我下达愤怒的号令，踏着血泊占领该城？

城民　　　简单说，我们是英格兰国王的臣民：为了他，维护他的合法权利，我们守卫这座城。

约翰王　　认我为王，让我进城。

城民　　　那可不行；谁最终证明自己是国王，我们效忠谁：在此之前，城门堵的是全世界。

约翰王　　难道英格兰王冠还不能证明谁是国王？如若不信，我还有证人：三万勇猛的英格兰子弟，

　　　　　——

私生子　　（旁白。）私生和非私生的。

约翰王　　他们可以拿命验证我的国王尊号。

腓力国王　我麾下有同样多出身名门的勇士，——

私生子　　（旁白。）也有私生子。

腓力国王　当面反驳他的要求。

城民　　　在你们商定谁最应得这份权利之前，我们为

最应得这份权利之人保留权利。

约翰王　　　　愿上帝宽恕那些有罪的灵魂！夜幕降临前，那些灵魂将在王权的恐怖争夺中，飞向永恒的居所①。

腓力国王　　　阿门，阿门！——上马，骑士们！投入战斗！

私生子　　　　那打掉恶龙、后来被我老板当招幌挂在酒店门上、端坐马鞍的圣乔治②，教我们几招剑术吧！——(向奥地利大公。)小子，我若去了你家，在你窝里，小子，跟你的母狮子③睡一块儿，我要在你的狮皮上安个牛头，把你变成一怪物④。

奥地利大公　　住嘴！别说了。

私生子　　　　啊，发抖吧，因为你听见了狮子吼！

约翰王　　　　向平原高地移动，那儿位置最好，便于我军排兵布阵。

私生子　　　　那赶快，抢占有利地形。

---

　　①永恒的居所(everlasting residence)：指坟墓、死亡。参见《新约·路加福音》16：9："耶稣接着又说：'……你可以被借到永久的家乡去。'"

　　②圣乔治(Saint George)：英格兰的守护神，传说曾屠杀恶龙。"圣乔治屠龙"常用来做酒店招幌。此处或实指私生子(菲利普)曾住过的酒店的门上，画有圣乔治屠龙的招幌(广告)。

　　③母狮子(lioness)：指奥地利大公之妻，亦指"妓女"(whore)。

　　④此处狮身牛头的怪物，借用当时民间传说，若妻子不贞洁，丈夫前额会长出角。

腓力国王　　　就这么办。——(向路易。)命其余部队在另
　　　　　　　一山头儿待命。——为上帝和我们的权
　　　　　　　利而战！(英法两军下,众城民留城上。)

(号角齐鸣。两军过场交手。法军传令官率多名号手自一门上,到达城下。)

法军传令官　　昂热城民们,打开城门,让你们年轻的亚
　　　　　　　瑟,布列塔尼公爵,进城,这一战,凭借法
　　　　　　　兰西国王的帮助,他创下令许多英国母亲
　　　　　　　落泪的战绩,她们的儿子陈尸在血染的疆
　　　　　　　场;许多寡妇的丈夫俯卧在地,冰冷地拥
　　　　　　　抱着变色的泥土①;损伤很小的胜利,在法
　　　　　　　兰西招展的军旗上飘舞, 他们近在眼前,
　　　　　　　要以凯旋的队列、以征服者的姿态进城,
　　　　　　　宣布布列塔尼的亚瑟为英格兰国王,你们
　　　　　　　的国王。

(英军传令官率多名号手自另一门上。)

英军传令官　　尽情欢乐吧,昂热城民们,把钟敲响:约翰
　　　　　　　王,你们的国王、英格兰国王,就要来了,
　　　　　　　他是这场激烈鏖战的胜利者。开战前,他
　　　　　　　们的铠甲银光耀眼;战罢归来,铠甲全都
　　　　　　　镀上法国人的鲜血。没一根英军盔顶的羽
　　　　　　　毛,被一支法军的长矛挑落。进军时,战

_____

① 指泥土被血染成红色。

旗在谁手里，打完仗，还是他们擎回军旗。强壮的英军将士，像一群欢乐的猎人，因屠杀敌人，双手都染成猩红。打开城门，让胜利者进城。

城民　　　　传令官们，我们在塔楼观战，把你们两军一攻一退，从头至尾看个真切；你们实力相当，最好的眼力也难判高下。拿血买血，打击回应打击，兵力和兵力相抗，武力同武力对决：两军势均力敌，我们不偏不倚。总得有一方证明自己最伟大。眼下两军胜负未决，我们只好固守城池，既不单为哪一方，又是为双方。

（两国王各率军自数门分上。私生子、埃莉诺、布兰奇随约翰王上；路易王太子与奥地利大公随腓力国王上。）

约翰王　　　法兰西国王，你还有多余的血抛洒吗？说吧，让我正义的潮流继续奔涌！我的进程一旦被你的阻碍激怒，便会脱离天然河道①，淹没你狭窄的两岸，除非，你让他的银流和平地奔流入海。

腓力国王　　英格兰国王，在这场鏖兵激战中，你们并不比法军少流一滴血：恐怕损失更大。我以这

---

①此语为约翰王发出对法兰西领土的威胁。

只手起誓，——它统治着蓝天俯视的这片土
地，——在我放下公正的武器之前，一定要
打败你，我这次出兵，只为打败你，否则，就
在死者中加上国王的名字，以被杀的国王的
名字，为这场战斗的阵亡名册增光。

私生子　　哈，君王气派！国王的宝贵热血一旦焚烧，
你们的荣耀直冲云霄！啊！死神装上钢铁的
夺命双膊，士兵的刀剑便是他的利齿尖牙；
两位国王纷争未决，他便趁机大快朵颐，撕
扯人肉。——两位国王站在这儿四目相对，
为何这样惊恐？国王们，下令冲杀！二位旗鼓
相当的君王，两个义愤填膺的灵魂，回到血
污的战场！那就让一方的毁灭印证另一方的
和平：在此之前，只有战斗、流血和死亡！

约翰王　　城民们现在承认哪一方？

腓力国王　说吧，城民们，为英格兰；谁是你们的国王？

城民　　　等知道谁是英格兰国王，他就是我们的国王。

腓力国王　他在我一方，我支持他的合法权利。

约翰王　　在我一方，我代理伟大的本王，我拥有合法
王权。昂热城民们，我是你们的国王。

城民　　　有种比我们更大的伟力否认这一切。解除怀
疑之前，我们仍要紧闭强大的城门，把原有
的怀疑锁在里面：怀疑主宰了我们，直到哪

位特定的合法国王，把我们的怀疑澄清、证实、消除。

私生子 以上天起誓，二位国王，昂热的这些恶棍在要你们。他们安然站在城垛上，像在剧场里，对你们独创的场景①和决战表演，咧着嘴，品头论足。不如二位国王听我劝：像耶路撒冷两个对立教派②一样，暂时讲和，两军联手，对这座城发起最凌厉的凶猛进攻。叫英法两军在东西两侧架起填满火药的大炮，直到那骇人的喧嚣，吵闹着轰毁这座傲慢城池坚硬的围墙：我要一刻不停地炮击这些贱货，一直打到墙塌城毁，叫他们像常见的空气一样裸露在外。攻下城池，你们再把联军分开，混合的军旗各归本部：掉转身，面对面，血腥的剑尖对剑尖，转瞬之间，命运女神就会选好一方做她幸运的恩宠，把胜利给她偏袒的一方，以一场辉煌的胜利亲吻他。二位强大的君王，对我这放肆的提议③，以为如何？它没点儿计谋的味道吗？

---

① 独创的场景(industrious scenes)：指两军惨烈厮杀的血腥场景。

② 耶路撒冷的对立教派 (mutines of Jerusalem)：公元 70 年，罗马大将提图斯(Titus, 41—81)率军围攻耶路撒冷，城中两个对立犹太教派放下纷争，联合抵御罗马人进攻。

③ 放肆的提议(wild counsel)：出了格的不合常规的提议。

约翰王	现在，我以悬在头顶的天空起誓，这个提议我很喜欢。——法兰西国王，我们合兵一处，先把这昂热城夷为平地，然后再战，决出你我谁是国王，如何？
私生子	（向腓力国王。）你若真有国王气概，既然像我们一样，受了这任性之城的凌辱，那也该像我们一样，调转炮口，对准这傲慢的城墙；等我们打掉这城墙，

再来彼此对阵，相互猛攻，

天堂还是地狱，一决生死。①

腓力国王	一言为定。——说吧，你攻打哪边儿？
约翰王	我从西面进攻，捣毁城中心。
奥地利大公	我从北面。
腓力国王	我的炮弹像雨一样从南面淋在这座城上。
私生子	（旁白。）啊，精妙的战术！南北夹攻：奥地利大公和法兰西国王相互对轰。我要激他们动手。——来，开拔，行动！
城民	两位伟大的国王，且听我说：恳允稍等片刻，待我提出良策，共享和平，体面结盟。无需动手或伤人，此城可得：救那些在这

---

①天堂还是地狱（heaven or hell）：意为"不是上天堂获永生，便是下地狱永劫不复"。

儿准备牺牲疆场的活人们一命，让他们终老而死。两位强大的国王，别固执己见，听我说。

约翰王　准许你说，我们听着。

城民　那位西班牙的布兰奇公主，是英格兰国王的外甥女。——瞧路易王太子和那位可爱的姑娘，年龄相当。倘若活泼的爱情追求美貌，布兰奇之貌美谁比得上？倘若虔诚的爱情寻找美德，布兰奇之纯贞谁比得过？倘若野心的爱情想攀高枝，布兰奇公主之高贵谁的血统比得了？恰如她的美貌、品德、出身无可挑剔，年轻皇太子也样样完美。——若说美中不足，那便是缺了她。同样，公主完美无缺，若非说缺了啥，那就是少了他。他是半个幸运之人，只有如她之人给他补全；她的绝美也欠完整，唯有他能使之完美无缺。啊！如此银晃晃的两条河一旦合流，必给河水流经的两岸增辉。二位国王，只要叫这两位王族成婚，你们便是这合流之水的两岸，是掌控这一股水流的河堤。这联姻比炮击对于我们紧闭的城门更有效：因为，盼这门婚事，迫切心情比火药的威力能叫我们更快让路，我们将四门敞开，放你们进城。但若没了这婚事，我们便死守这座城，那决心比大海的怒涛加倍震耳欲聋，那决心比雄狮更自信，

	那决心比山峦和岩石更坚定不移,不,就算死神,他那毁灭的狂怒也不如我们一半决心。
私生子	这儿有个障碍,死神这老不死的腐烂残骸怕要气得发抖,抖掉他一身烂布头儿吧! 这真是一个大嘴巴,满嘴喷出死亡、山峦、岩石和大海,谈到怒吼的雄狮,像十三岁少女说起小狗儿一样稀松平常。哪个炮手生了这个冲劲儿十足的家伙? 他开口简直像开炮:一火、二烟、三爆炸。他拿舌头当棍子:我们的耳朵遭棒打。他的话,没一个字不比法国人的拳头打人疼:以基督的伤口起誓,从我开口管我弟弟的父亲叫"爹地",还没挨过谁拿话贬损。
埃莉诺	(向约翰王旁白。)儿子,同意联姻,促成这门婚事。给我外孙女一笔丰厚的陪嫁:因为,打上这个结,可以把你眼下并未十拿九稳的王冠系紧,那个稚嫩的男孩儿,便不会有太阳①沐浴他成熟开花,结出硕果。我见法兰西国王面露屈从之意;瞧,他们在交头接耳;趁他们这会儿有可能接受这门亲事②,赶紧催,免得热情③,眼下刚被

---

① 太阳(sun):指王室的资助、庇护。意即没有王室的庇护,亚瑟便不会成熟。

② 这门亲事(this ambition):直译为"这一野心"。

③ 热情(zeal):此处之"热情"可能指法兰西国王内心燃起的促成婚事的热情,也有可能指帮助亚瑟夺取英格兰王权的热情。

埃莉诺　儿子,同意联姻,促成这门婚事。

	恳请、同情和悲伤的和风融化，又一下子冷
	却、凝结，回到原样儿。
城民	我们这座城受了威胁，提出友好建议，两位
	国王为何不吱声儿？
腓力国王	既然英格兰国王对这座城抢话在先，还由他
	先讲：你怎么说？
约翰王	假如那边那位王太子，你高贵的儿子，能在
	这本美丽的书①里读出"我爱"，她嫁妆之贵
	重将抵得过一位王后：安茹、美丽的都兰、缅
	因、普瓦捷，所有我在海这边的领土②，——现
	在被我围困的这座城除外，——凡臣服于我
	王冠、王权之地，都将为她新娘的婚床镀金，
	我要让她的名衔、荣誉和身份，像她的美貌、
	教养和血统一样，与世上任何一位公主相当。
腓力国王	孩子，你有话说？看这位小姐的面容。
路易	我在看，父亲，从她眼里透出一件奇事，或者
	说，一个妙不可言的奇迹，我在她眼里形成
	的影子，那影子，只是您儿子的影子，变成一
	个太阳③，您儿子反而成了影子。我郑重声明，
	我从没爱过自己，直到此时，见到在她眼里

① 这本美丽的书（this book of beauty）：指布兰奇公主。
② 当时英格兰王国在英吉利海峡对岸这边拥有领土。
③ 此处"儿子"（son）和"太阳"（sun）谐音双关，"太阳"含"皇室荣耀"之寓意。

绘出的自己那么讨人喜欢。(与布兰奇悄声低语。)

私生子　　(旁白。)你讨人喜的自己在她眼里开了膛！①——
　　　　　　吊死在她额头皱巴巴的皱纹里！——
　　　　　　在她心里被肢解！——这才识别，
　　　　　　他原是爱情的反贼。——可叹，
　　　　　　吊死了，开膛了，尸体还被肢解了，②
　　　　　　如此卑鄙的蠢货竟向她示爱。

布兰奇　　在这件事上，我舅舅替我拿主意。若他在你
　　　　　　身上看出他喜欢的东西，你身上有什么东西
　　　　　　打动了他，我能轻易把它化作我的渴望。或
　　　　　　者，更准确地说，我能轻易促它变成我的所
　　　　　　爱。再进一步，我并不想讨好你，殿下，说你
　　　　　　的一切都值得我爱，这么说吧：哪怕让我用
　　　　　　吝啬的念头评判你，我从你身上也找不出丝
　　　　　　毫值得我恨之处。

约翰王　　这两位年轻人怎么说？——外甥女，你什么
　　　　　　意思？

布兰奇　　您恩赐口传的智慧，她③总为了荣誉照着做。

约翰王　　那你说，王太子殿下，你能爱这位小姐吗？

---

①开了膛(drawn)："drawn"在上句意为"绘出"。

②古代英格兰对叛国者或罪犯实施的一种酷刑，犯人先受绞刑，在吊死(hanged)之后，开膛(drawn)挖出内脏，最后肢解尸体(quartered)。

③她(she)：布兰奇在说自己。

路易	不，该问我能否忍住不爱，因为我爱她爱得最真挚。
约翰王	那好，我把福克森、都兰、缅因、普瓦捷和安茹这五个省，连她一块儿送给你；另加三万马克英币①。——法兰西的腓力，你若对此满意，命你儿子和儿媳牵手。
腓力国王	我很满意；——年轻的王太子和公主：牵手！
奥地利大公	嘴唇也合一起；因为我确信，我当初订婚时就是这么做的。（路易与布兰奇牵手、接吻。）
腓力国王	现在，昂热城民们，打开城门，让你们促成的友军进城；因为我们马上要在圣玛丽教堂的小礼拜堂举行婚礼。——康丝坦斯夫人没在这支部队？我知道她不在，她若随军前来，定会极力阻挠这门婚事。她和她儿子在哪儿？谁知道，告诉我。
路易	她在陛下您的营帐里忧愁哀伤。
腓力国王	以我的信仰起誓，我缔结的这个联盟对治她的忧伤几无疗效。——英格兰国王兄弟，我们怎么让这位寡妇称心如意？我来是

---

① 三万马克英币（thirty thousand marks of English coin）：一马克币值十三先令四便士，三万马克约合两万英镑。

为她争取权利,可上帝知晓,我转了向,反而自己得利。

约翰王　　我来治愈一切。因为我要封年轻的亚瑟为布列塔尼公爵和里士满伯爵；让他做这座丰饶美丽之城的主人。——召见康丝坦斯夫人:派飞骑信使请她来参加婚礼。（索尔斯伯里下。）——我相信,即便她不能完全称心,也能大体如意,不再怪罪。我们走,尽全速,去参加这场毫无预料、毫无准备的庆典。（除私生子之外,其余均下。昂热城民退下。）

私生子　　疯狂的世界,疯狂的国王,疯狂的妥协！约翰,为阻止亚瑟索要整个王国,情愿放弃一部分领地；法兰西国王,——良心为他扣紧盔甲,虔诚和慈悲把他作为上帝的战士①带到战场,——可他竟听信那个唆使之人的耳语改了主意②,那个狡猾的魔鬼；那个总撺掇人敲碎忠诚脑壳的媒人③；那个天天打破誓言的家伙；他能打赢所有人：无论国王、乞

---

①　参见《新约·以弗所书》6：11：“你们要穿戴上帝所赐的全部军装,好使你们能站稳,抵御魔鬼的诡计。”《新约·提摩太后书》2：3：“作为基督耶稣的忠勇战士,你要分担困难。”

②　唆使之人(purpose-changer):意即“使改变主意的人”,梁实秋译为“诱人变心”。

③　此句原文为“That broker, that still breaks the pate of faith”,梁实秋译为“那个永远破坏贞操的淫媒”。

丐，还是老人、青年、少女，——可怜的少女
被他骗得输掉一切，除了"处女"这两个字，
空无一物①；那个貌似可信的绅士，便是挠得
人心发痒的"私利"。——"私利"是填在世
界这个滚球中心的重物②；这世界原本滚得
很均衡，路平，它笔直向前，等一有这个
"私利"，这个引人邪恶的重物，这个动向的
引导力，这个"私利"，就使它叛离了所有的
平等公正，偏离了一切方向、计划、步骤、意
图：正是这个重物，这个"私利"，这个老鸨，
这个捐客，这个改变一切的词语，盯牢了变
化无常的法兰西国王的球眼③，拉他背离了决
心救援的初衷④，把一场坚决而荣耀的战争变
成一场最卑贱的、以邪恶收场的和平。——
我干吗痛骂这"私利"？只因他从没追过我：
这并非因为，当他拿晃眼的天使币⑤向我手

---

① 物（thing）：或含性意味，指阴茎（penis）。此处暗指那个骗人的家伙有本事骗
走"处女"（virgin）的贞操，却还能使"处女"在外人看来守身如玉。

② 滚球中的重物（bias）：为使滚木球游戏中的滚球不偏不倚，须在滚球中填充
重物，以保持均衡。

③ 球眼（outward eye, i.e. eyeball）：指滚木球游戏之滚球上控制抛球方向的三个
圆孔。

④ 指最初帮亚瑟夺取英格兰王权的决心。

⑤ 天使币（angel）：上面刻有天使图案的金币。

掌致敬时,我有收手攥拳的力量;而只因为,我的手还没受过诱惑,好比一个穷叫花子,张嘴便骂有钱人。那好,只要我是叫花子,就张嘴开骂,要我说,世间除了富贵,没有什么罪恶;

等我有了钱,自然有本事改口说:

世间除了那叫花子,没什么罪恶。

国王尚且为了一己私利背信弃义,

我便拿私利当君王,我来崇拜你!(下。)

第三幕

第一场①

法兰西,法兰西国王营帐

(康丝坦斯、亚瑟与索尔斯伯里上。)

康丝坦斯　　　(向索尔斯伯里。)去结婚了!去发誓和解!欺诈的血液与欺诈的血液②联姻!去做朋友!路易把布兰奇娶到手,布兰奇得到那几个省?并非如此,你说错了,听差了。考虑好了,把你说的再说一遍。不可能这样,你只是嘴上说说。我相信我信不过你,你说的只是一个平民③的空话。你这人,相信我,我不相信你。我有国王的誓言,跟你说的正相反。我有病在身,受不住惊吓,你这样吓我会受惩罚的。我受尽了委屈,一肚子担惊害怕:一个寡妇,没

---

① 在"第一对开本"中,本场为第二幕第二场。
② 血液(blood):中世纪英格兰把血液视为情感的中心。
③ 康丝坦斯言外之意是:你的话并非出自一个国王之口。

了丈夫,容易心生害怕。一个女人,天生就容易害怕。尽管你现在承认刚才只是开玩笑,但我焦虑不安,心绪难平,一整天都会胆战心惊。你摇头什么意思?你为何一脸严肃地看着我儿子?你手捂胸口什么意思?你为何眼含伤心的泪水,像一条奔涌的河流正漫过堤岸?这满脸的悲伤只为证实你说的话?那再说一遍,——不必整个复述,一句话就够:你刚才所说是真还是假?

索尔斯伯里　千真万确,恰如我相信您认为他们①是假的一样,这本身就证明我说的是真的。

康丝坦斯　啊!你若想教会我相信这件伤心事,不如教会这件伤心事如何弄死我。让信念和生命相斗,犹如两个狂怒的绝望之人,一见之下非斗个你死我活。路易跟布兰奇结婚!——(向亚瑟。)啊,孩子,那把你摆在哪儿?英法一旦交好,我可怎么办?——(向索尔斯伯里。)你这家伙,走开!你在我眼前,我受不了:这消息把你变成了最丑的人。

---

① 有注家以为此处"他们"指英、法两位国王,也有注家以为"他们"只指法兰西国王及群臣。似后者理解更为妥帖,因康丝坦斯身为亚瑟之母,更在乎法兰西国王要为亚瑟夺取英格兰王权的承诺是真还是假。

索尔斯伯里	高贵的夫人，我不过把别人犯下的罪恶说了出来，我可曾犯下什么罪恶？
康丝坦斯	这件罪恶之事十恶不赦，简直说出来就是害人。
亚瑟	母亲，请您千万别心急。
康丝坦斯	你叫我千万别心急，你若长相丑陋，丑得令母亲的胎宫丢脸，浑身讨厌的脏斑和难看的污痕，瘸腿，愚笨，驼背，黝黑，畸形，长满疙疙瘩瘩的恶痣和不顺眼的胎记，我都会既不在乎，也不心急，若是那样，我就不会爱你，不，你也配不上高贵的出身，配不上一顶王冠。但你生得如此俊美，亲爱的孩子，大自然与命运女神携手把你造得伟大：大自然的恩赐使你可与百合和半开的玫瑰①比美；可命运女神，啊！她受贿，变节，被人从你身边弄走了。她不断②跟你约翰叔叔私通，用她的金手③诱使法兰西国

----

①半开的玫瑰（half-blown rose）：年轻、美丽之喻。参见《新约·马太福音》6∶28—29："为何要为衣服操心呢？看看野地的百合花怎样生长；它们既不工作又不缝衣。可是我告诉你们，即便像所罗门王那样荣耀显赫，他的衣饰也不如一朵野花美丽。"

②不断（hourly）：含"妓女似的"之意。

③金手（golden hand）：暗示提供金钱。

康丝坦斯　我和我的悲伤坐下,这儿就是我的王座:叫国王们来向它鞠躬。

　　　　　　　　王,去踏平王权可敬的尊严,叫他以君王
　　　　　　　　之尊充当他们的皮条客。法兰西国王就是
　　　　　　　　命运女神和约翰王的皮条客,命运女神那
　　　　　　　　个妓女, 那个篡位的约翰!　——(向索尔斯
　　　　　　　　伯里。)告诉我,你这家伙,法兰西国王算不
　　　　　　　　算背弃誓言？ 用最毒的字眼儿骂他:否
　　　　　　　　则,你就走开,把那些悲愁留下,我独自承
　　　　　　　　担。

索尔斯伯里　　请原谅,夫人,您若不同行,我也没法去见
　　　　　　　　两位国王。

康丝坦斯　　　你可以去,你必须去。我不会跟你去的。
　　　　　　　　我要让我的忧愁变得傲慢,因为傲慢的
　　　　　　　　悲伤, 能使它的主人屈服。让两位国王
　　　　　　　　来见我,来见见伟大悲伤的样子:因为
　　　　　　　　我的悲伤如此伟大,除了广袤坚实的大
　　　　　　　　地,谁也承担不起。(席地而坐。)我和我的
　　　　　　　　悲伤坐下,这儿就是我的王座:叫国王们
　　　　　　　　来向它鞠躬。(索尔斯伯里与亚瑟下;康丝坦斯
　　　　　　　　仍坐在地上。)

(约翰王、腓力国王、路易、布兰奇、埃莉诺、私生子、奥地利大公及侍从等上。)

腓力国王　　　这是真的,美丽的儿媳,这个受祝福的日
　　　　　　　　子将在法兰西永远成为节日。为庆祝这一

天,辉煌的太阳静止①了,扮成炼金术士,用宝贵的眼睛②发出光辉,把贫瘠的不毛之地变成闪亮的黄金。以后年逢此日,便是节庆。

康丝坦斯　一个邪恶的日子,不是节庆!——(起身。)这一天值得吗?它干吗了,非要用金笔把它标成日历上的重要节日③?不,真该把这一天,这耻辱的、痛苦的、背信弃义的日子,从一周七天里踢出去。否则,如果留着这一天,让孕妇们祈祷别把孩子生在这一天④,以免生下畸形怪胎,希望破灭⑤。除了这一天,水手不必担心海难。在这一天做的生意无一不毁约,在这一天开头儿的事

---

　　①参见《旧约·约书亚书》10：12—14:"上主使以色列人战胜亚摩利人。那一天,约书亚在以色列人面前向上主祷告:太阳啊,停在基遍上空;月亮啊,停在亚伦昆谷上空。太阳就停住,月亮也不动,一直到以色列人打败仇敌。……上主听从了人的话,这样的一天空前绝后。上主为以色列人争战!"《旧约·德训篇》46：4:"太阳不是被他的手制止了? 于是一天变成两天了吗? "

　　②宝贵的眼睛(precious eye):即太阳。

　　③指天主教宗教日历上的重要宗教节日。

　　④参见《旧约·约伯记》3：3—6:"上帝啊,……愿你诅咒我成为胎儿的那一夜;上帝啊,愿你使那天变昏暗。愿你不再纪念那一日,不再让光照耀它。……愿那一夜被涂抹,不再列在岁月中。"《旧约·耶利米书》20：14:"愿我的生日受诅咒! / 愿我出母胎的那一天被忘掉! "

　　⑤参见《新约·马太福音》24：19—20:"在那些日子里,孕妇们和哺育婴儿的母亲们就苦了! 你们要恳求上帝别让这些事在冬天或安息日发生。"

无一不倒霉。——是的,信仰本身成了空洞的谎言!

腓力国王 以上天起誓,夫人,诅咒今天美好的婚庆,你毫无道理。我不是以国王之尊向你保证过?

康丝坦斯 你用一枚带国王像的假币骗了我,经过检验,证明一文不值。你发了假誓,发了假誓。你举兵前来,为的是让我的敌人流血;但现在双方联姻①,你的臂膀却增强了敌人的力量。战争的搏斗精神与横眉怒目,在友好与表面的和平中冷却。我们的苦难使你们联姻结盟。拿起武器,拿起武器,天神们,惩罚这两个背弃誓言的国王②!一个寡妇在乞求③:天神们,为我做主④!莫让这邪恶的一天在和平中耗尽;我只求,日落之前,叫这两个背弃誓言的国王兵戎相见!听我乞求,啊,听我乞求!

---

① 此处上下句以双关语"arms"关联,上句中的"arms"指"武器""兵力","in arms"意为"举兵前来"或"拿起武器";下句中的"arms"指"家族纹章","in arms"意为王太子路易与布兰奇公主结婚后,双方纹章合并,即"联姻"。

② 参见《旧约·士师记》5:20:"晨星从天际支援,/掠过天空攻击西西拉。"

③ 参见《旧约·出埃及记》22:22—23:"不可虐待寡妇或孤儿。倘若虐待他们,我——上主要垂听他们求助的呼声。"《旧约·诗篇》68:5:"上帝住在他的圣殿里,/他看顾孤儿,保护寡妇。"146:9:"他(上主)保护寄居的外人;/扶助孤儿寡妇。"《旧约·申命记》10:18:"他(上主)为孤儿寡妇伸冤。"《旧约·以赛亚书》1:17:"你们要学会公道,伸张正义,帮助受压迫者,保护孤儿,为寡妇辩护。"

④ 此句原文为"be husband to me",直译为"像丈夫似的做我的夫主"。在《圣经》中,女人婚后,丈夫即为女人的"夫主"(lord)。

奥地利大公	康丝坦斯夫人，安静！
康丝坦斯	战争，战争，没有和平①！对我来说，和平就是战争。啊，利摩日，啊，奥地利大公，你叫那血淋淋的战利品②蒙羞：你这奴才，你这坏蛋，你这懦夫！你勇气不够，邪恶有余！你攀附强者，永远恃强凌弱！你这替命运女神打仗的战士，若没那位喜怒无常的夫人保你性命无忧，你绝不出战！你也是背弃誓言之辈，只会巴结权贵。你真是一个傻瓜，一个张狂的傻瓜，竟吹牛、跺脚、发誓，声称支持我！你这冷血的奴才，不是像雷鸣一般为我说过话吗？不是发誓做我的战士，叫我依靠你的星宿③、你的命运、你的力量吗？而今竟变节投敌？你居然披着那张狮子皮！脱喽，别丢脸，给你那胆小的肢体披一张小牛皮吧④！
奥地利大公	啊，恨不得跟我说这种话的是个男人⑤！

---

①上句，奥地利大公要康丝坦斯夫人"安静"（peace），此句康丝坦斯夫人以"没有和平"（no peace）回敬。

②血淋淋的战利品（bloody spoil）：指奥地利大公从理查手里夺取的那张狮子皮。

③旧时人们相信星象决定命运。

④旧时贵族之家雇佣的小丑，亦称"傻瓜"（fool），常身穿由小牛皮制成的上装，背后系扣儿，也是小丑身份的标志之一。康丝坦斯夫人在此叫奥地利大公"披一张小牛皮"，讥讽他是懦夫、傻瓜。

⑤公爵的意思是，如果是男人对他说出这样的话，他就要挑战对方。

私生子	给你那胆小的肢体披一张小牛皮！
奥地利大公	恶棍,竟敢说这话,不要命了？
私生子	给你那胆小的肢体披一张小牛皮。
约翰王	我不喜欢你这样忘乎所以。

(潘杜尔夫主教①上。)

约翰王	神圣的教皇使节来了。
潘杜尔夫主教	致敬,二位涂过圣油的②、上天的代表！ ——约翰王,我为你而来,圣命如下:本人潘杜尔夫,美丽米兰城的红衣主教,奉教皇英诺森之命来此, 现以他的名义郑重向你质询:你为何如此固执,抗拒教廷,抗拒圣母,并强行抵制当选的坎特伯雷大主教斯蒂芬·兰顿③入主圣座④?对此,我以罗马教皇⑤的名义,向你质询。

---

①莎士比亚在潘杜尔夫身上, 将历史上的一位红衣主教和另一位教皇使节合二为一。

②涂过圣油的(anointed):亦称"受过膏的", 旧时天主教国家视君权为神授,涂圣油加冕国王,表明国王乃上帝在人间的代表,神圣不可侵犯。

③斯蒂芬·兰顿(Stephen Langton, 1150—1228):被罗马教廷任命的驻英格兰主教,1207 年至 1228 年担任坎特伯雷大主教。一开始, 约翰王坚决抵制罗马教廷的这一任命,与教皇英诺森三世产生矛盾,这场危机是导致约翰于 1215 年签署《大宪章》(Magna Carta)的主因之一。

④圣座:指坎特伯雷大主教在教堂的主教座位。

⑤罗马教皇(holy father):直译为"神圣的父亲",此为天主教徒对罗马教皇的尊称,但译作"圣父"显然不妥,因基督教中圣父特指上帝。

约翰王　　　　尘间谁能以质询之名，考验一位神圣国王的自由表达？红衣主教，你可不能编一个像教皇那样的，如此微不足道、滑稽可笑的名义出来，命我回答质询。把这意思转告他，再加一句英格兰国王的亲口话，——凡意大利神父不得在我领土内征税①。天神之下，我至高无上，因此，我乃天神之下的最高权威，我统治之地，我一人做主，不用凡人插手。把我原话告诉教皇，我对教皇本人及其篡夺的权威毫无敬意。

腓力国王　　　英格兰国王兄弟，你这话对教皇不敬。

约翰王　　　　尽管你和基督教王国的所有国王，任由这多管闲事儿的神父②如此愚弄操控，害怕那道交了钱就能免除的诅咒；尽管你们想凭着下贱的黄金、废渣、垃圾，从一凡人之手买走堕落的宽恕，其实那只是一个凡人把他自己的宽恕卖了③；尽管你和所有其他人甘受愚弄

---

　　①此处指取消教会征收什一税和一般税收的权力。

　　②指罗马教皇。

　　③约翰王指人们购买的赎罪券，只来自凡夫俗子的神父之手，并非上帝宽恕。这似应是莎士比亚借约翰王之口指责腐败的罗马教廷。事实上，罗马教廷从1313年才开始兜售赎罪券，直到1562年天主教特伦托会议（The Council of Trent）决定停发。显然，莎士比亚把教会兜售赎罪券的历史年头提前到约翰王时代，意在挖苦天主教会。因为此时，他生活在新教的英格兰。

操控，以税收滋养这骗人的巫术，但我
偏要独自一人，孤身与教皇作对，并把他
的朋友视为我的敌人。

潘杜尔夫主教　　那好，以我的合法权力宣告，你将受到诅
咒，并被开除教籍。谁反叛一个异教徒，
谁得祝福。谁能以什么秘密行为夺走你
可恶的性命，谁就是有功之人，将被封
为圣徒、奉为圣人。

康丝坦斯　　　　啊，让我也有合法权力，跟罗马教廷一
起，诅咒他一阵儿。仁慈的红衣主教神
父，请你为我急切的诅咒说声"阿门"。
因为，若非受了我这样的冤枉，没哪条
舌头能准确、有力地诅咒他。

潘杜尔夫主教　　夫人，我的诅咒是合法的，得到授权的。

康丝坦斯　　　　我也一样。当法律不能主持正义，就不
要让法律禁止拿诅咒来报复。法律并不
能把他在这儿的王国领地给我儿子，因
为正是统治王国的这个人控制着法律。
因此，既然法律本身完全不公平，法律
凭什么不许我的舌头诅咒？

潘杜尔夫主教　　法兰西的腓力，同那个反叛教会的首领
放手绝交，否则，你有遭诅咒的危险。你
要唤起法兰西军队向他开战，除非他向

	罗马拱手投降。
埃莉诺	你怎么脸色发白,法兰西国王? 别放开你的手。
康丝坦斯	当心,魔鬼,别叫法兰西国王后悔,一旦放手,地狱里就少一个灵魂。
奥地利大公	腓力国王,听红衣主教的话。
私生子	给你胆小的肢体披一张小牛皮。
奥地利大公	好吧,流氓,我只能先吞下这些羞辱,因为——
私生子	你的马裤最吞得下它们①!
约翰王	腓力,你怎么答复红衣主教?
康丝坦斯	能怎么说? 听红衣主教的。
路易	父亲,要慎重考虑,因为获利不同,要么遭受罗马的严重诅咒,要么轻微失去英格兰这个朋友:当避重就轻。
布兰奇	罗马的诅咒轻一些。
康丝坦斯	啊,路易,坚持住! 魔鬼扮成一个没梳理好头发的新娘②,诱惑你来了。

---

① 马裤(breeches):裤脚束紧长及膝部的裤子。"它们"(them):指奥地利大公上句所说的"这些羞辱"。此句的意思是:你最好挨顿揍!

② 一个没梳理好头发的新娘(a new untrimmed bride):指尚未圆房的处女。按习俗,新娘在举行婚礼前,须先梳理好头发。梁实秋译为"一个披散头发的新娘"。参见《新约·哥林多后书》11:14:"其实这不足为怪,连撒旦也会把自己化装成光明的天使!"

布兰奇	康丝坦斯夫人说这话，并非出于信仰，只因她有求于人。
康丝坦斯	啊！倘若你承认我有求于人，那只因为，我是信念①死了才求人，照此，必可得出这个推论：——当我死了求人之心，信念得以重生。啊，那么踏平我的求人之心，让信念上升；我若维持求人之心，信念必遭践踏！
约翰王	国王动心了，没回答这个问题。
康丝坦斯	(向腓力国王。)啊！离他远点儿，正经回答！
奥地利大公	就这样办，腓力国王，别再悬而不决。
私生子	除了一张小牛皮，什么也别悬，最亲爱的笨瓜。
腓力国王	我心烦意乱，不知该说什么。
潘杜尔夫主教	如果你被开除教籍，受到诅咒，除了更心烦意乱，还能说什么？
腓力国王	仁慈可敬的神父，替我想一下，若换了您，告诉我您会怎么做。这只君王之手和我的手刚刚相握，我们内在的灵魂，凭着神圣誓言的一切宗教力量，联姻、结盟，连在一起。我们最后以深沉的誓

---

① 信念(faith)：指腓力国王的承诺。

言,说到两个王国和国王之间的信念、和
平、亲善、真情,在双方休战之前,——
刚过没多久,就在我们把手洗净,击掌
成交,达成高贵的和平之前,——天晓
得,它们被屠杀的画笔弄脏,布满血污,
因为复仇之神在那儿画了两位愤怒的
国王可怕的纷争。这两只手,刚洗掉血
污①,刚以爱相握,交战、携手都如此坚
决,难道要松开这只手、放弃这友好的
相互回礼? 难道信念可以反复无常?
难道可以这样跟上天开玩笑,将自己变
成任性胡来的孩童,把握着的手再抽回
来? 难道可以毁弃誓言,让一支血腥的
军队, 在绽出和平微笑的婚床上行进,
在真心诚意的温柔额头上制造一场暴
乱? 啊! 神圣的牧师,我可敬的神父,别
这样。请您出于恩典,构想、确立、增加
一些善意的措施,那样,我们愿上帝保
佑您,跟您继续做朋友。

潘杜尔夫主教　　若不与英格兰断交,一切形式都空无形

---

① 参见《新约·马太福音》27:24:"彼拉多看那情形,知道再说什么也没用,反
而可能激起暴动,就拿水在群众面前洗手,说:'流这个人的血,罪不在我,你们自己
承担吧!'"

式，一切措施都空无措施。因此，拿起武器！做我们教会的战士，否则，就让我们的教会——我们的母亲——发出诅咒，一个母亲的诅咒，诅咒她的谋逆之子。法兰西国王，你尽可以去攥一条蛇的信子①，一头活狮子夺人命的利爪，一只饿瘪肚子的老虎的尖牙，断不能跟你现在握着的这只手保持和平。

腓力国王　　　　　我手可以松，但承诺不能放弃。

潘杜尔夫主教　　　你竟把承诺变成信仰②的敌人，活像打了一场誓言对誓言的内战，你的舌头跟你的舌头交锋。啊，你先向上天立誓，就该先对上天履行誓言③，——那便是，做我们教会的战士：既然你的誓言是对自己立下的誓言，大可不必亲自履行；因为你发誓要做的错事，一旦做对了，那根本不算错，若有的地方一做就错，那最好的做法是，干脆就别做：目标错

---

① 旧时认为蛇的信子有毒。

② 信仰（faith）：宗教信仰，在此即指教会。

③ 参见《旧约·申命记》23：21—23："'你们向上主——你们的上帝许愿，不可拖延不还。上主要追讨你们所许的愿，不还愿就是犯罪。不向上主许愿不算罪，但自动许愿一定要还愿。'"《旧约·诗篇》61：8："这样，我要永远歌颂你；/ 我要天天向你还我许的愿。"

了,最好的做法是再错一次。尽管绕道,
但绕道成正道。以背叛医治背叛,恰如
用火疗,冷却那刚被烧伤之人烤焦了的
血管①。是宗教信仰使人信守誓言,可你
却拿誓言与信仰对立。你凭信仰起誓,
却拿誓言反对信仰,并以一个誓言担保
你忠诚,好去打破另一个誓言。②你不确
定发了誓,只表示不做背誓之人,否则,
誓言岂不成了笑柄! 你发誓,只是为了
背弃誓言,越发誓,越违背誓言。因此,
你拿后来的誓言反对原先的誓言,纯属
自我背叛。眼下你所能赢得的最大胜
利,莫过于把你坚定而高贵的天良武装
起来,去抗拒这些轻浮放纵的诱惑。你
若肯于接受,我来为你的良知③祈祷。如
若不然,你该清楚,诅咒的危险要落在
你头上,重压得你无法摆脱,直到在致
命的重压下绝望死去。

---

① 古代英格兰用"以火凉火"(fire cools fire)的疗法治疗烧伤患者。

② 潘杜尔夫主教极力讥讽腓力国王, 发的第一个誓言是要从约翰王手里为亚
瑟夺取王权,而第二个誓言却是不背弃与约翰王结盟。

③ 此句原文为"Upon which better part our prayers come in",直译为"我来为你天
性中稍好的一面祈祷"。

奥地利大公	反叛,彻底的反叛①!
私生子	还不闭嘴?一张小牛皮还堵不住你那张嘴?
路易	父亲,拿起武器!
布兰奇	在你结婚的日子?向你刚联姻的血亲开战?怎么!让一群被杀之人来参加婚宴?让刺耳的号角和喧嚣粗暴的鼓声,做婚庆的悠扬伴奏?那是地狱的喧闹!啊,丈夫,听我说:哎呀,天哪,从我嘴里喊一声"丈夫"多么新鲜!此时此刻,我的舌尖才第一次发出这个称呼,哪怕为了这个称呼,我愿跪下乞求,不要和我舅舅作战。(跪下。)
康丝坦斯	啊!我也跪下,(跪下。)——我的膝头早跪硬了。我恳求你,贤德的王太子,不要改变上天预期的命运。
布兰奇	现在,让我看清你的爱:还有什么比妻子的名义更有力的动机?
康丝坦斯	他的荣誉!他支持你,但他要捍卫荣誉。——(向路易。)啊!你的荣誉,路易,你的荣誉!
路易	(向腓力国王。)我惊讶陛下您,被这么重要的问题纠缠,却显得如此冷静。

---

① 此处意思含糊,可能指腓力国王对罗马教廷的反叛,也可能指腓力国王对所立誓言的自我背叛。

潘杜尔夫主教	我要宣布把诅咒降在他头上。
腓力国王	不用了。——英格兰国王,我要遗弃你。
康丝坦斯	啊,放逐的王权顺利回归!(起身。)
埃莉诺	啊,法国人反复无常,邪恶的反叛!
约翰王	法兰西国王,不出一小时,你就要深感悲痛①。
私生子	调钟的时间老人,那个调时间的秃顶教堂司事②,他想怎样就怎样吗?若真那样,法兰西国王要悲痛了。
布兰奇	太阳变成血色:美好的日子,再见!我该去哪边?我两边都支持,两军各握住我一只手,他们一旦发怒,便会打着转儿把我分开,把我肢解。——丈夫,我不能祈祷让你打赢;——舅舅,我必须祈祷让你战败;——父亲③,我不能希望你幸运;——外祖母,我不能希望你如愿。甭管谁赢,赢的那一方就有我的损失:双方尚未开战,我已注定失败。
路易	小姐,来我这儿,你的幸运与我同在。

---

① 深感悲痛(rue, i.e. grieve for):亦可解作"深感后悔"(regret)。
② 教堂司事(sexton):担任管理教堂、敲钟、挖坟掘墓等工作。
③ 父亲(father):即腓力国王,婚后,成为布兰奇的"公公"。

布兰奇	幸运在哪儿存活,生命便在哪儿死去。
约翰王	侄儿,去召集军队。(私生子下。)——法兰西国王,我胸中燃起怒火,愤怒之火已烧到这步田地:除了血、血,法兰西高贵的血①,没任何东西把它熄灭。
腓力国王	你的怒火就会把你烧掉,你将化为灰烬②,不用我拿血把那火浇灭:
	当心你自己吧,你身陷危险之中。
约翰王	你只会吓唬人,拿起武器,速战!(同下。)

---

① 应尤指法兰西王室的血。

② 参见《新约·雅各书》3∶5—6:"星火不是可以燎原吗? 舌头像火一样,在我们的肢体中是邪恶之源,会污染全身;它凭借地狱之火烧毁我们整个的人生路程。"

第二场

法国,昂热附近平原

(战斗警号。两军过场交战。①私生子执奥地利大公人头上。)

私生子　　现在,以我的生命起誓,今天奇热无比。一定有气魔②在空中盘旋,要降下灾祸。先把奥地利大公的人头放这儿,(放下奥地利大公人头。)菲利普歇口气儿。

(约翰王、亚瑟、休伯特上。)

约翰王　　休伯特,看好这孩子。——菲利普,向前杀:我母亲在我营帐遇袭,怕已遭擒。

私生子　　陛下,我把她救了。太后殿下安好,您别担心。但是,陛下,再加把劲儿③,就能让这场苦战圆满收场。(同下。)

---

　　①舞台上的交战场景有四个情节:私生子紧追奥地利大公,将其毙命;亚瑟、康丝坦斯和路易生擒埃莉诺;私生子救出埃莉诺;约翰王俘虏亚瑟。

　　②气魔(airy devil):旧时认为宇宙间有地、活、水、气四大魔鬼。气魔和风暴与作战相关。

　　③旧时产婆催生,常叫产妇"再加把劲儿",以使孩子顺利生出。

私生子　现在,以我的生命起誓,今天奇热无比。

第三场

同上

(战斗警号。两军过场交战。收兵号。约翰王、埃莉诺、亚瑟、私生子、休伯特及众贵族上。)

约翰王　　(向埃莉诺。)就这样:您留在后面,严加保护。
　　　　　——(向亚瑟。)侄儿,别一脸不快:你祖母爱你,
　　　　　你叔叔也会像父亲一样爱你。

亚瑟　　　这会叫我母亲伤心而死。

约翰王　　(向私生子。)侄儿,回英格兰去! 你先行一步,我
　　　　　到之前,你抖一抖那些敛财的修道院院长们的
　　　　　钱袋,把囚在里面的天使①放出来。和平的肥排
　　　　　骨,现在该喂养饿肚子的人:这个命令要执行
　　　　　到底。

私生子　　一旦有金银召唤,丧钟、圣书和蜡烛也休想赶

①指币面上铸有大天使迈克尔(Michael,旧译"米凯莱")像的金币,币值十先令。

　　　　　　我回头①。我向陛下辞行。——祖母，只要我
　　　　　　还记得圣礼，我就会为您的安全祈祷。我吻您
　　　　　　的手。

埃莉诺　　再见，高贵的孙儿。

约翰王　　再见，侄儿。（私生子下。）

埃莉诺　　（向亚瑟。）到这边来，小家伙儿，我跟你说句话。
　　　　　　（引亚瑟到一旁。）

约翰王　　过来，休伯特。（引休伯特到一旁。）——啊，高贵的
　　　　　　休伯特，我欠你太多。这肉墙中有个灵魂，把你
　　　　　　算成她的债主，要连本带利回报你的爱。而且，
　　　　　　我的好朋友，你自愿的誓言活在这颗心里，深
　　　　　　深地珍藏。把你的手给我：跟你说件事，——还
　　　　　　是到时候再说吧。以上天起誓，休伯特，我有多
　　　　　　么敬重你，实在羞于开口。②

休伯特　　我对陛下感激不尽。

约翰王　　好朋友，你现在还没理由说这话，不过很快就有
　　　　　　了：时间从未爬行得这么慢，可我迟早会好好
　　　　　　报答你。我本来有事要说，——但还是算了：太

---

　　①丧钟、圣书和蜡烛是天主教会举行开除教友仪式的三件"宝物"。仪式开始
时，主教、僧侣由十字架先导步入教堂，点燃三支蜡烛，主持按圣书发出诅咒，宣布逐
出教会，灵魂交与魔鬼。此时，蜡烛熄灭，鸣响丧钟。此句意思是：一旦金钱向我招手，
开除教籍我也在所不惜。

　　②休伯特为约翰王做了什么，令约翰王如此感激，全剧只字未提。

约翰王　仁慈的休伯特,休伯特,休伯特,看一眼那边那个年轻的男孩。

　　　　　阳在天上,骄傲的白昼,充满尘间的快乐,它过
　　　　　于嬉闹,太贪玩儿,没工夫听我说。——倘若
　　　　　午夜的时钟,用它的铁舌、铜嘴把钟声送入夜
　　　　　半昏睡的旅程;倘若我们此时站在一处教堂墓
　　　　　地,而你心里有一千种冤屈;或者,倘若忧郁,
　　　　　那脾气乖戾的鬼精灵,烘烤过你的血液,把它
　　　　　变重、弄稠,否则,它在血管里跑上跑下挠痒
　　　　　痒,让嘲笑,那个小丑①,占据人们的双眼,使他
　　　　　们绷紧面颊, 露出一脸无聊的欢快,——这倒
　　　　　是令我讨厌的情绪。或者,倘若你能见我不用
　　　　　眼,听我不用耳,答我不用舌,只用意念,而无
　　　　　需眼、耳和伤人的语音,那我便不去管瞪大眼
　　　　　睛警醒着的白昼,愿把我的心事向你倾吐。可
　　　　　是,啊,不说也罢。——不过,我很爱你;以我
　　　　　的信仰起誓,我想你也很爱我。

休伯特　　非常爱,无论您吩咐什么,我都会拿命相抵,以
　　　　　上天起誓,万死不辞。

约翰王　　这我怎能不知? 仁慈的休伯特,休伯特,休伯
　　　　　特,看一眼那边那个年轻的男孩:实不相瞒,我
　　　　　的朋友,他是我路上遇到的一条毒蛇②,甭管我

---

　　①此句原文为"making that idiot, laughter",把"嘲笑"比作"小丑"。
　　②参见《旧约·创世记》49：17:"但要向路旁的蛇,小径边的毒蛇;它咬伤马蹄,
使骑手往后坠地。"

　　　　　　　从哪儿迈出一步，他都拦在我前面。——懂我

　　　　　　　意思吧？给我盯住他。

休伯特　　　我一定看好他，他休想再冒犯陛下。

约翰王　　　死。

休伯特　　　陛下？

约翰王　　　一个墓穴。

休伯特　　　他休想活命。

约翰王　　　够了。我现在可以高兴了。休伯特，我爱你。不

　　　　　　　过，我不愿谈将怎么答谢你：记住我的话。

　　　　　　　——母亲，再见：我会把那些人马派给您。

埃莉诺　　　愿我的祝福与你相伴。

约翰王　　　去英格兰吧，侄儿，走。

　　　　　　　　　休伯特做你仆人，他会尽心尽责

　　　　　　　　　照顾好你。——向加来挺进，嗬①！(埃莉诺自

　　　　　　　　　一门下，其余自另一门下。)

---

① 加来(Calais)：今法国北部一港口城市。嗬(ho)：表示高兴的语气助词。

第四场

同上，法兰西国王营帐

（腓力国王、路易、潘杜尔夫主教及侍从等上。）

腓力国王　　　　就这样，海上一场咆哮的暴风雨，把整
　　　　　　　　支战败的舰队打乱、拆散。

潘杜尔夫主教　　鼓起勇气，放心吧！一切都会好起来。

腓力国王　　　　糟到这个地步，怎能好转？莫非我们没
　　　　　　　　败、昂热没丢、亚瑟没被俘？莫非好几位
　　　　　　　　亲爱的朋友没被杀死？血腥的英格兰国
　　　　　　　　王，不是战胜阻力，无视法兰西，回英格
　　　　　　　　兰了吗？

路易　　　　　　他每攻陷一地，便加强防御：出兵如此
　　　　　　　　迅疾，运筹如此审慎，如此一场激战，指
　　　　　　　　挥如此若定，毫无先例：有谁读过、或听
　　　　　　　　说过像这样的军事行动吗？

腓力国王　　　　假如我们受的屈辱也有先例，像这样赞

美英格兰国王,我可以容忍。——

(康丝坦斯上。心烦意乱,披头散发。)

瞧,谁来了!一座幽闭灵魂的坟墓:她违背意愿,把永恒的灵魂,囚禁在折磨呼吸的邪恶牢狱之中①。夫人,请跟我一起走吧。

康丝坦斯　你瞧眼下:现在看到合约的后果了吧。

腓力国王　忍耐,高贵的夫人! 放心,亲爱的康丝坦斯!

康丝坦斯　不,我拒绝一切劝告、一切宽慰,除了那终止一切劝告的真正宽慰。死神,死神:——啊,可爱的、亲密的死神! 你这芳香的恶臭! 健全的腐烂! 最令好运憎恨、恐惧的死神②,从你永恒之夜的眠床上起身,我愿吻你可憎的枯骨,把我的眼球放入你空洞的面额,把你居所的蛆虫当戒指戴满我的手指,用令人恶心的泥土堵住这呼吸的缺口③,变成一具像你

---

① 康丝坦斯一脸憔悴,心神不宁,故腓力国王以此形容她的身体成为囚禁灵魂、折磨呼吸的苦牢。

② 参见《旧约·德训篇》41:1:"哦,死亡呀,对那些安享财富、没有横逆、万事亨通,仍有精力享受口福之人而言,想到你,真是痛苦! "

③ 呼吸的缺口(gap of breath):指开口说话的嘴(mouth)。

	一样的枯骨怪物。来,咧嘴冲我笑,我要把你的呲牙当微笑,我要像你妻子似的吻你!悲苦的情人,啊,到我这儿来①!
腓力国王	啊,美丽的受苦之人,安静!
康丝坦斯	不,不,我偏不,有一口气儿,我就要喊:啊,愿我的舌头长在雷霆之口!那我便能以一声轰鸣震撼世界,把那可怕的骷髅从睡眠中惊醒,它听不到一个女人微弱的声音,它蔑视一个平凡的恳求。
潘杜尔夫主教	夫人,你说的是疯话,不是伤心话。
康丝坦斯	身为神父,你不该这样诋毁我。我没疯。扯的这头发,是我自己的。我名叫康丝坦斯。我曾是杰弗里的妻子。小亚瑟是我儿子,他不见了!我没疯,——愿上天让我疯了吧!因为那样,我就能忘了自己。——啊!倘若我能,什么样的悲痛我都能忘掉!主教,随便你怎么布道,只要叫我发疯,我就尊你为圣徒。因为,只要我没疯,就会感受痛苦,我的理性就会告诉我该如何摆脱这些痛苦,就会教

---

① 参见《旧约·德训篇》41:2:"哦,死亡呀,对那些生活困乏、力气衰微,年老又烦心,厌倦又无奈之人而言,你的惩罚,还真美好!"康丝坦斯期待着死神早日降临。

我自杀或上吊。若发了疯，我就会忘掉儿子，或疯了一般把他当成一个布娃娃。我没疯，每一种灾难带来的不同的痛苦，我感受得太清楚，太清楚了。

腓力国王 把那些乱发束起来。——啊，在她那丛美丽的长发里，我看出多少爱意！哪怕偶然落下一滴银色的泪珠，便会有万根发丝在同情的悲痛中黏在一起，活像真心的、不可分割的、忠诚的情人们，在灾难里相互黏聚。

康丝坦斯 假如你愿意，去英格兰吧①。

腓力国王 把你头发束起来。

康丝坦斯 好，我这就束。但我为何要这么做？我刚才把头发弄散，大声喊"啊！但愿这双手，像解放这些头发一样，解放我儿子"！可现在，我怨恨它们的自由，要再把它们束起来，因为我可怜的孩子成了俘虏。(束起头发。)——红衣主教神父，我听你说过，我们将在天堂里见到并认出亲朋好友。倘若那是真的，我将再次见到我的孩子；因为自打第一个男孩该隐②

---

① 此句为康丝坦斯对腓力国王先前邀她去英格兰所做的回应。

② 该隐(Cain)：《圣经》中亚当、夏娃的长子，被视为人类第一个男孩，后因嫉妒杀了弟弟亚伯(Abel)。

落生,直到昨天才有了第一次呼吸的婴
儿①，从不曾有哪个孩子如此充满神的
恩典。但眼下,悲愁这条害虫要噬咬我
的蓓蕾②,把他面颊上天生的俊秀赶走,
使他看起来像一个空心儿的幽灵,面容
苍白憔悴得像发了疟疾;他将那样死
去,再这样升入天堂,等我在天庭遇见
他时,就认不出他了。因此,永远、永远,
我再也见不到俊美的亚瑟。

潘杜尔夫主教　　悲愁在你眼里过于可怕了。

康丝坦斯　　　　没儿子的人,才跟我说这种话。

腓力国王　　　　你像溺爱儿子一样溺爱悲愁。

康丝坦斯　　　　若悲愁能填补我没了儿子的空缺:睡在
他的床上,和我一起走来走去,装出他
可爱的模样,重复他说过的话,令我想
起他身上一切可爱之处,以他的形体把
他空落落的衣裳填满;那我就有理由溺
爱悲愁。再见:假如你受了我所受之苦,
我倒能反过来更好地宽慰你。(弄散头
发。)——我心里这么乱,头上也不必并

---

① 即"昨天才出生的婴儿"。
② 我的蓓蕾(my bud):指"我的儿子"。

	然有序。主啊！我的孩子，我的亚瑟，我的漂亮儿子，我的命根子，我的喜乐，我的食粮，我的整个世界！我孀居中的安慰，我悲愁里的良药！（下。）
腓力国王	真怕她有什么过激行为，我得跟着她。（下。）
路易	这世上没什么东西让我感到快乐：生活像讲来讲去的故事一样乏味①，令昏昏欲睡之人厌倦了的耳朵不胜其烦；痛苦的耻辱糟蹋了"生活"这个词的甜美滋味，结果，它除了耻辱和苦涩，什么都不是。
潘杜尔夫主教	一场大病治愈前，甚至就在康复之际，病情反而最重：灾难辞行远去之时，危害最深。今天输掉这一仗，你失去了什么？
路易	所有光荣、快乐、幸福的日子都没了。
潘杜尔夫主教	如果赢下这一仗，你肯定也会失去那些东西。不，不，当命运女神打算给谁最大好处，她才冲那个人横眉立目：想来真奇怪，约翰王分明失去了那么多，他却

---

① 参见《旧约·德训篇》20:19："无礼之人，犹如白痴不断讲述一个乏味的故事。"

满以为赢了这一仗。亚瑟成了他的俘
虏，你不难过吗？

路易　　　　　　难过，正如他抓了亚瑟会满心高兴。

潘杜尔夫主教　　你的头脑完全像你的血液一样年轻。现
在，听我一句话，话里有一个先知的灵
魂。我话一出口，那气息，便将把你直通
英格兰王座之路上的每一粒尘埃、每一
根稻草、每一个小小的障碍，吹干净。因
此，注意听：约翰抓了亚瑟，只要那年轻
孩子的血管里还淌着温热的生命，那篡
位的约翰就不可能有一小时、一分钟，
不，哪怕瞬息的安宁。由狂暴之手夺取
的王杖，必须以同样的暴力手段维护。
一个人站在湿滑之地①，绝不挑剔随便
抓住什么邪恶的东西支撑自己：约翰要
想站稳，亚瑟必须倒下。势必如此，因为
只能如此。

路易　　　　　　年轻的亚瑟倒下，对我有什么好处？

潘杜尔夫主教　　你，可以凭你妻子布兰奇公主的权利，
像亚瑟一样，索要全部权利。

---

① 参见《旧约·诗篇》73:18："你要把他们放在光滑的地方;/你要使他们滑倒
灭亡。"

路 易	也像亚瑟一样，失去那权利、生命和一切。
潘杜尔夫主教	在这老谋深算的世界，你多么年轻、多么稚嫩！约翰为你计划好了一切，时不我待：因为凡把自身安全浸泡在合法血统里的人①，势必发现，那只是血腥的安全，是骗人的。这件事，做得如此歹毒，他的全体人民必为之寒心，狂热的忠诚必将冻结，哪怕出现最微小的机会，他们也会珍惜它，必将向前一步，抑制他的统治②。哪怕天上自然的流星，哪怕大自然的情形，哪怕狂风暴雨的一天，哪怕一阵平凡的风，哪怕一件习以为常的事，他们都会把它的自然原因撕掉，称那是天象、预兆、预示、异常、异兆，是上天发话，直言宣告约翰要遭报复。
路 易	他不一定要害年轻亚瑟的命，认为只要把他关在狱里，自己就是安全的。
潘杜尔夫主教	啊！殿下，即便年轻的亚瑟眼下还活着，

---

① 即以暴力手段杀了合法王位继承人之人，在此指约翰王。

② 统治(reign)：与"缰绳"(rein)双关。以此比喻约翰王的人民将驾驭统治王朝的缰绳。

当约翰听说你率兵前来,消息一到,他必死无疑：
那时,他的全体人民,势必民心反叛,他们将以双
唇亲吻陌生的变动①,将从约翰染血的指尖上,为
反叛和愤怒提取令人信服的理由。我想我看到这
一骚乱已全面发动。而且,啊！居然有一件比我刚
才所说对你更有利的事！ 私生子福康布里奇,此
时正在英格兰洗劫教会,冒犯基督徒的爱心：即
便只有一打法国人拿着武器到了那儿, 也能成
为一个诱饵,足以把一万名英国人引到他们这一
边；或者, 像一小团雪, 翻滚起来, 瞬间积雪成
山。啊,高贵的王太子！跟我一起去见国王。——
眼下,英国人的灵魂里盈满敌意,他们的不满将
造成怎样的局面, 这足以令人惊奇。去英格兰
吧。——我去鼓动国王。

路　易　　　强有力的理由造就意想不到的军事行动。

　　　　　　走吧：只要你说"是",国王不说"不"。(同下。)

---

① 指他们将对陌生的变动表示欢迎。

第四幕

第一场

英格兰,某城堡中一室①

[休伯特与行刑者数人(持绳子和烙铁)上。]

休伯特　　　把这两块烙铁烧热,你们一定要站在挂毯后面。等我一跺脚,立刻冲出来,会看到有个孩子跟我在一起,把他在椅子上绑紧。当心。去吧,守候着。

行刑者甲　　我希望您得到了授权,允许这样做。

休伯特　　　不必要的疑虑! 别担心,留神守着。(行刑者数人退至挂毯后面。) 小伙子,上前来,我有话跟你说。

(亚瑟上。)

亚瑟　　　　早安,休伯特。

休伯特　　　早安,小王子。

---

① 此处,"第一对开本"舞台提示为"一监狱"。

亚瑟　　　我这个王子真是不能再小了，其实我有权做更大的王子。——您满脸忧愁。

休伯特　　的确，我也曾快乐过。

亚瑟　　　上帝保佑我！我还以为，除了我，再没有谁忧愁。不过，记得我在法国的时候，年轻的绅士们为了闹着玩儿，一个个满面愁容，都像黑夜似的。以我的基督徒身份起誓，假如我能出狱，去牧羊，我会每天从早乐到晚。就算在这儿，要不是担心我叔叔进一步谋害我，我也满心快乐。他怕我，我也怕他。我是杰弗里的儿子，这是我的错？不，我的确没错。愿上天让我做您儿子，那样您就会爱我，休伯特。

休伯特　　（旁白。）再这样谈下去，他天真的唠叨将唤醒我已死的悲悯之心。因此，我要立即下手，弄死他。

亚瑟　　　休伯特，您病了？您今天脸色苍白。说实话，我真愿您生个小病，那我就可以整夜陪您。我向您保证，我爱您多过您爱我。

休伯特　　（旁白。）他的话真真占据了我的心。——读读这个，年轻的亚瑟。（出示一纸文书。）——（旁白。）怎么，愚蠢的眼泪！把无情的折磨拒之门外？必须要快，不然，决心会变成女人柔情的泪水，从我双眼流走。——你读不了？字迹不清？

亚瑟　　　太清楚了，休伯特，目的如此邪恶：您一定要用烧烫的烙铁烙瞎我双眼？

休伯特　孩子，我必须这么做。

亚　瑟　您会吗？

休伯特　会的。

亚　瑟　您忍心？有一次您头疼，我把我的手帕系在您
　　　　额头上，——那是我最好的手帕，一位公主为
　　　　我绣的。——我没再往回要。夜里，我手捧您
　　　　的头，像不眠的时钟，从分钟到小时，不停振作
　　　　着缓慢移动的时间，不时问您："想要什么？身
　　　　上哪儿难受？"或是问："怎么做才能表达我高
　　　　贵的爱意？"多少穷人家的儿子情愿倒头安睡，
　　　　绝不会有谁对您说一句体己的话。而您却有一
　　　　位王子照顾病体。不，也许您把我的爱想成虚
　　　　妄之爱，称它狡诈。——您愿怎么想，随便吧。
　　　　倘若上天乐意见您作践我，您也非如此不可。
　　　　——您要把我眼睛弄瞎？我这双眼睛从不曾对
　　　　您皱过眉头，今后也不会。

休伯特　我已立下誓言，必须用热烙铁烫瞎你双眼！

亚　瑟　啊，只有铁器时代①才干这样的事！就算那块铁
　　　　烧得通红，一旦靠近这双眼，它也会啜饮我的

---

　　① 铁器时代（iron age）：指古典时期（上帝时代、白银时代、青铜时代、铁器时代）
最后一个时代，也是最邪恶、残忍的时代。此处"铁器"（iron）与"烙铁"（irons）双关，借
此指约翰王时代残忍、邪恶。

亚瑟　不,听我说,休伯特!——把这些人赶走,我会像羊羔一样,温顺地坐着。

泪水,在我无辜的泪水里把它炽热的愤怒熄灭。不,从今往后,只因它曾含着怒火要害我眼睛,它会生锈烂掉。您比锤炼过的铁还死硬吗?哪怕一位天使降临①,告诉我休伯特要弄瞎我眼睛,我也不会信。——除非休伯特亲口说。

休伯特　　(跺脚。)来人!(行刑者数人携绳子、烙铁等上。)——照我的吩咐,动手。

亚瑟　　啊!救救我,休伯特,救救我!见他们一脸凶相、面带杀气,我两眼已经瞎了。

休伯特　　把烙铁给我,听好,把他捆这儿。

亚瑟　　唉!用得着这么粗暴吗?我不挣扎,我会像石头似的一动不动。看在上帝的分上,休伯特,别让他们捆我!不,听我说,休伯特!——把这些人赶走,我会像羊羔一样,温顺地坐着:我不乱动,不退缩,也不说话,不怒目圆睁盯着那烙铁。只要把他们推开,无论您怎么折磨我,我都会原谅您。

休伯特　　去,到里面站着。我自己下手。

行刑者甲　　远离这样的事,再好不过。(行刑者数人下。)

---

① 参见《新约·加拉太书》1：8:"任何一个人,即使是我,或天上来的天使,若向你们宣传另一种福音,跟我以前所传不同,他应受诅咒!"

亚瑟　　　哎呀!我把我的朋友骂走了!他长相凶狠,却心
　　　　　地善良。——把他叫回来,他的同情心会使您
　　　　　的同情心复活。

休伯特　　来,孩子,准备好。

亚瑟　　　没办法了?

休伯特　　没了,只能弄瞎你双眼。

亚瑟　　　啊,上天!——只愿有一粒微尘落入您的眼睛,
　　　　　一颗微粒,一粒尘埃,一只小虫,一根游丝,①随
　　　　　便什么给您那珍贵的感官②添乱的东西:然后,
　　　　　感受一下那些小东西在眼睛里有多难受,您的
　　　　　邪恶目的便有多可怕。

休伯特　　这就是你的承诺? 够了,管住你的舌头。

亚瑟　　　休伯特,一对儿舌头也不足以替两只眼睛求
　　　　　情。别让我管住舌头,——别这样,休伯特。要
　　　　　不,休伯特,如果您愿意,割去我的舌头,这样
　　　　　我就能保住眼睛。啊!饶过我的眼睛,哪怕它除
　　　　　了总看您别无他用。——瞧,以我的信仰起
　　　　　誓,烙铁凉了,它不愿伤害我。

休伯特　　孩子,我可以把它烧热。

---

　　① 参见《新约·马太福音》7∶3 和《新约·路加福音》6∶41:"你为何只看见你弟
兄眼中的木屑,却不管自己眼中的木梁呢?"
　　② 珍贵的感官(precious sence):指眼睛。

亚瑟　　　不，说真的：——造火为使人安逸，现在却用来
　　　　　干这残酷的恶行，火已伤心而死。不信您自己
　　　　　看。这燃烧的煤毫无恶意，上天的呼吸已吹灭
　　　　　它的生命，把忏悔的灰烬撒在它的头上①。

休伯特　　孩子，我只吹一口气，它便死灰复燃。

亚瑟　　　假如您这样做，只会叫它满脸通红，为您的行
　　　　　为羞愧不已，休伯特。不，也许它会把火星溅您
　　　　　眼里，活像一只被迫去撕咬的斗狗，向驱使它
　　　　　的主人猛咬一口。甭管您想用什么东西加害
　　　　　我，它们都拒不从命：连烈焰和烙铁一旦被邪
　　　　　恶所用，都会心怀悲悯，唯独您最缺仁慈之心。

休伯特　　那好，留着眼睛活下去吧。即便你叔叔把所有
　　　　　财宝都给我，我也不会弄瞎你眼睛。可我发过
　　　　　誓，孩子，的确想用这烧红的烙铁烫瞎你的
　　　　　眼睛。

亚瑟　　　啊！现在您才像休伯特，您刚才一直在掩饰。

休伯特　　别说了！别再说了，再见。绝不能让你叔叔知道

---

①　在旧约时代，基督徒在身上或头上撒灰，表示认罪、忏悔和救赎。参见《旧
约·撒母耳记下》1：2："第三天，有一个年轻人从扫罗军中来，为表示悲伤，他撕裂
衣服，撒灰在自己头上。他来到大卫面前，恭敬地匍匐在地。"13：19："她撒灰在头
上，撕裂衣袍，双手蒙脸，一面走，一面哭。"《旧约·约伯记》2：12："他们远远看见约
伯，却不认得他，等认出是他，就放声痛哭，悲伤地撕裂了自己的衣服，又向空中、向
自己头上撒灰尘。"《新约·马太福音》11：21："……那里的人早就披麻蒙灰，表示自
己已改邪归正。"

你没死。我会拿假消息糊弄那些狗密探：好了，可爱的孩子，别害怕，安心睡吧。倾尽全世界的财富，也休想让休伯特伤害你。

亚瑟　啊，上天！谢谢您，休伯特。

休伯特　别出声，跟我偷偷溜走。

为了你，我要冒大危险。（同下。）

第二场

英格兰,约翰王王宫

(约翰王头戴王冠;彭布罗克、索尔斯伯里及其他贵族等上。约翰王登上王座。)

约翰王　　　　我又一次端坐于此,再度加冕①,希望看到诸位愉快的眼神。

彭布罗克　　　这个"再度",若非陛下乐意,真没必要。您早已加冕, 那至尊的王权从不曾退位,臣民的忠诚从不曾遭反叛玷污:国家未受新的期待困扰,毫无思变之情或不臣之心。

索尔斯伯里　　因此,这第二次加冕礼,是为原已富足的尊号再装饰一个尊号,是为精金②镀金,替

----

① 约翰王在位期间,共举行三次加冕典礼:第一次在 1199 年 5 月狮心王理查去世后不久,地点在威斯敏斯特教堂;第二次据霍林斯赫德《编年史》记载,在 1200年,约翰王征战法国班师回朝之后,地点在坎特伯雷大教堂,目的是确认英格兰独立于罗马教廷;第三次在 1213 年。此处是第二次"再度加冕"。

② 精金(refined gold):指提炼过的金子。

百合添色，给紫罗兰洒香水，是把冰磨光，
或是给彩虹再添一道色彩，或是用烛光为
上天的眼睛①增光，实在浪费，可笑过头
儿了。

彭布罗克　若非陛下执意如此，这种行为好比把老故
事又讲一遍，况且，这次强行复述，不合时
宜，会惹麻烦。

索尔斯伯里　在这人所共知的古老仪式上，旧的习俗变
了味儿，何况，犹如风向改变航向，这次加
冕使人心生变；使深思之人惊恐不已；使
健康的观点生病，使真理令人生疑，一切
皆因你穿了件如此时髦的新王袍。

彭布罗克　工匠做工尽力求精，贪心却把工艺毁于一
旦；时常为错误辩解，辩解让错误更糟；——
好比给一个小漏洞打补丁，越隐藏错误，
错误越声名狼藉②。

索尔斯伯里　在你再次加冕之前，我们好言相劝，说过
这层意思：但陛下不愿接受，我们也只能
悉听尊便，因为我们想要的一切，都要停

---

① 上天的眼睛（eye of heaven）：指太阳。
② 参见《新约·马太福音》9∶16："没人拿新布去补旧衣服，因为新补丁会扯破
那衣服，使裂痕更大。"《新约·马可福音》2∶21："'没人拿新布去补旧衣服，如果这
样，新补丁会撕破旧衣服，使裂痕更大。'"

下来,给陛下的意愿让路。

约翰王　　　此番再度加冕，部分理由我已告知诸位,我
　　　　　觉得那些理由很充分。等我无需担心之时,
　　　　　再向你们提供更多、更充分的理由:眼下我
　　　　　只想问，你们觉得有什么不妥之处需要改
　　　　　进;你们一下就能感到,我是多么乐意听取
　　　　　并答应你们的请求。

彭布罗克　　那我,——作为这几位的代言人，来替诸位
　　　　　发声进言,——为我自己,也为他们,——但
　　　　　主要还是为了陛下的安危,这才是我和他们
　　　　　尽心竭力之所在,——衷心请求释放亚瑟;
　　　　　囚禁亚瑟,已使心怀不满之人,由抱怨的双
　　　　　唇透出这样危险的论调: 假如你安享之和
　　　　　平,为你正当所得,那你何需恐惧,——人们
　　　　　说,恐惧与恶行相伴,——竟将年轻的亲属①
　　　　　囚禁,用野蛮无知窒息他的每一天,不让年
　　　　　少的他在绅士的良好训练中受益! 为不使当
　　　　　前之敌借此获利,既然陛下吩咐在先,那我
　　　　　们请求释放亚瑟,尽管在相当程度上,这只
　　　　　代表我们自己，但我们的利益全仰赖于你,
　　　　　因此,释放亚瑟对你也有好处。

---

① 年轻的亲属(tender kinsman):指亚瑟。

（休伯特上。）

约翰王	就这么办:把对这年轻人的培养托付给你。 ——休伯特,有什么消息?（把他拉到一旁。）
彭布罗克	一定是这个人干下血腥的行为:我有一个 朋友看过他的执行令。他眼里分明透出一 个可憎的邪恶形象;他神情诡秘,显得心 绪烦乱;我真担心,我们最怕他干的受命 之事,他已经干完了。
索尔斯伯里	国王的脸色一阵红一阵白,在意图和良 知之间变来变去,犹如传令官在可怕的 两军阵前来回疾驰:他欲望肿胀,眼看就 胀破了。
彭布罗克	一旦胀破,恐怕里面流出的脓水,就是一 个可爱的孩子的死讯。
约翰王	我无法阻止死亡的强硬之手。——（向众 贵族。）尊贵的各位大人,尽管我的允诺还 活着,但你们的请求丢了命。他告诉我,亚 瑟昨夜死了。
索尔斯伯里	我们真担心他的病无药可救。
彭布罗克	我们倒真听说,在这孩子自己感觉生病之 前,他的死已为期不远:甭管在这儿,还是 在哪儿,这笔账一定要算。
约翰王	你们为何对我冷着脸? 你们以为我掌管

了命运的剪刀①? 难道我能操控生命的脉搏?

索尔斯伯里　这分明是谋杀，至尊之身②竟公然干这种事,无耻之极。愿你的阴谋顺利。再见。

彭布罗克　且慢,索尔斯伯里大人:我跟你一起走,去寻找这可怜孩子继承的产业,那小小的王国,一座把他强埋入土的坟墓。按血统,他本该拥有这整个岛屿③，却被葬进三尺坟茔。——邪恶的世界! 这件事不能就这么算了:这件事会爆发出我们所有的悲伤,恐怕这爆发已近在眼前。(众贵族下。)

约翰王　他们的心里燃起怒火。我后悔了:血泊之上建不成安稳的地基④，别人的死亡换不来牢靠的生命。(一信使上。)——你眼里满是惊恐:往日你面颊上的血色哪儿去了? 天色如此阴沉,没一场暴风雨不能放晴。把暴风雨的消息倾泻下来吧:整个法兰西近况如何?

①此为借喻。古希腊神话中,"命运三女神"之一的阿特洛波斯(Atropos)以剪刀掌管人的生命线,决定人寿命的长短。
②至尊之身(greatness):指国王。
③这整个岛屿(all this isle):指英格兰。
④参见《旧约·哈巴谷书》2∶12:"你遭殃了! 你以罪恶建城,以凶杀立邑。"

信使　　　都从法兰西到英格兰来了。从不见一国为远
　　　　　征别国,在国土全境之内,召集这样一支军
　　　　　队。他们把您的用兵神速学做榜样:当您刚一
　　　　　得到他们准备发兵的消息,整支军队已近在
　　　　　眼前。

约翰王　　啊!我的密探醉哪儿去了?在哪儿睡大觉呢?我
　　　　　母亲的警觉在哪儿, 法兰西集结这样一支军
　　　　　队,她竟然毫不知情?

信使　　　陛下,泥土堵住了她耳朵:您尊贵的母亲,在四
　　　　　月的头一天离世。我还听说,陛下,康丝坦斯夫
　　　　　人三天前①因发疯而死: 但这只是从谣言的舌
　　　　　头②偶尔听来,难辨真假。

约翰王　　可怕的势头,暂缓你的速度:啊! 与我结盟,等
　　　　　我先安抚好那些怨愤的贵族。什么?母亲死了?
　　　　　那我在法兰西的事务③岂不乱了章法? ——按
　　　　　你实情所说, 已在此登陆的法兰西军队由谁
　　　　　指挥?

---

　　　① 历史上,埃莉诺王后 1204 年 4 月 1 日死于位于法国卢瓦尔河谷的丰特弗洛
(Fontevraud)。但真实的康丝坦斯夫人,则于三年前(1201 年)8 月 31 日在法国南特
(Nantes)去世,并非此处的"三天前"。

　　　② 谣言的舌头(Rumour's tongue):谣言(Rumour),乃旧时假面舞会、化装游行
或戏剧表演中的一个讽喻性人物,衣服上画满舌头,象征其造谣诽谤的特性。这句话
的意思是:"但这只是我偶尔听来的传言。"

　　　③ 事务(estate):在此取"affairs"(事务)之意,也可解作"财产"(holdings)。

信使　　　　由王太子①领兵。

约翰王　　　这么些坏消息一下把我弄晕了。

(私生子与庞弗雷特②的彼得上。)

　　　　　　眼下，外界对你的行动③怎么看？别再往我脑子
　　　　　　里塞坏消息，都塞满了。

私生子　　　您若怕听最坏的消息，那干脆让最坏的事降您
　　　　　　头上。

约翰王　　　请宽容我，侄儿。潮汐④把我冲昏了头：但现在，
　　　　　　我从水流里冒出头来喘口气，能听进任何话，
　　　　　　随便说什么都行。

私生子　　　我对牧师们胜果如何，从我所收钱款的数额一
　　　　　　看便知。但我一路走下来，发现百姓满脑子奇
　　　　　　思怪想：听信谣言，充满愚蠢的幻梦，不知在怕
　　　　　　什么，却满心惊恐。我从庞弗雷特街上带来一
　　　　　　位先知，当时看，有好几百人都快踩到他脚后

---

　　①原文为法语"dauphin"(海豚)，这个称呼源于法国"维埃诺瓦王太子"(the Dauphin of Viennois)，其家族纹章上有一只海豚，他的绰号也叫"海豚"。后来，维埃诺瓦最后一任领主 1349 年将其"海豚庄园"出售给法国瓦卢瓦王朝的首任国王腓力六世(Philippe VI, 1293—1350)，前提条件是此称呼以后要由国王长子(即王太子)永久继承。第一位称"海豚"的法国王太子是法国瓦卢瓦王朝的第三位国王查理五世(Charles V le Sage, 1337—1381)。此称呼 1830 年终止。

　　②庞弗雷特(Pomfret)：庞蒂弗拉科特(Pontefract)的简称，位于约克郡。

　　③指私生子指使从各修道院收缴钱财的行动。

　　④潮水(tide)：即私生子刚才所说一连串的坏消息。

跟了。他给这些人吟唱粗俗刺耳的打油诗，预言陛下，将在下一个耶稣升天节①当天正午之前，交出王冠。

约翰王　（向彼得。）你这个痴人说梦的傻瓜，为何这样做？

彼得　　预知此事成真。

约翰王　休伯特，把他带走：关进大牢。到他说我将交出王冠的那天正午，绞死他。把他拘押好了，再回来，我还有事要你办。（休伯特与彼得下。）——啊，我高贵的侄儿，你可听到外界的消息，说有什么人要来吗？

私生子　法国人，陛下：人们口口相传，说的全是这个。另外，我遇见毕格特和索尔斯伯里两位大人，他俩眼睛通红，像刚点燃的火，还有好多人，一起在找亚瑟的墓，他们都说，昨晚是您授意杀了他。

约翰王　高贵的侄儿，去，跟他们打成一片。我有办法赢回他们的爱戴：带他们来见我。

私生子　我去找他们。

约翰王　不，抓紧，赶快。啊！不要在充满敌意的外国人，摆出强敌入侵的可怕阵势，惊吓我城镇之时，

---

① 耶稣升天节（Ascension Day）：庆祝耶稣升天的节日，在复活节四十天之后的星期四。

	让臣民与我为敌。你要变成墨丘利①,把羽毛插
	在脚后跟上,像思想一般,飞去飞回。
私生子	形势教我飞速赶去。(下。)
约翰王	他的口气真像一位英勇的贵族绅士。——(向信使。)追上去:在我和贵族之间,他也许用得上你这个信使,去吧。
信使	尽心效命,陛下。(下。)
约翰王	我母亲死了!

(休伯特重上。)

休伯特	陛下, 听说昨晚有人看见天上冒出五个月亮:四个不动,第五个围着那四个诡异地打转儿。
约翰王	五个月亮!
休伯特	满大街老头儿、老太太,因这凶险的天象做预测:年轻的亚瑟之死是他们的共同话题;一谈起他,他们都摇着头,一个个交头接耳;说的人抓住听者的手腕, 听的人做出受惊的手势,皱紧眉,点点头,滚一下眼珠。我见有个铁匠,手拿锤子,这么站着,只顾张嘴吞下裁缝的消息,连砧上烧的铁都凉了。那个裁缝手拿剪刀、量尺,穿着拖鞋,匆忙中还穿错了左右脚,他说有

---

① 墨丘利(Mercury):罗马神话中众神的信使,被描绘的形象是,或鞋生双翅,或脚长双翼。

　　数千法军已在肯特①排好战斗队形、严阵以待。正说着，一个脏兮兮的瘦小工匠打断他，又说起亚瑟之死。

约翰王　你一股脑儿告诉我这么多可怕的事，用意何在？你为什么三番五次跟我提年轻的亚瑟之死？是你亲手杀了他。我有迫切的理由希望他死，可你没理由杀他。

休伯特　我没理由？陛下！怎么，不是你唆使的吗？

约翰王　国王遭诅咒，全在听差的奴才拿他一个怪念头当保证，去杀人害命；全在他们把威权者的一个眼色当授权，去揣测凶险的君王没安好心，也许国王皱那一下眉，只因突发奇想，并未仔细盘算。

休伯特　这是你签名、盖章的手谕，我是按令行事。(拿出一纸文书。)

约翰王　啊！天地间的末日审判一旦到来，这签名、盖章的手谕，将成为罚我下地狱的物证。有了做坏事的法子就做坏事，多么司空见惯！当初若不是你，一个被造物之手打上记号专做丢脸之事的家伙在我身边，我心里也不会冒出这谋杀的念头。但一见你那张可憎的面孔，我发觉你适

――――――――――――

　　① 肯特(Kent)：英格兰东南部的肯特郡。

于血腥的罪恶，天性适于受雇行凶，便半心半意向你透出口风，要亚瑟死。可你，为讨一位国王欢心，竟丧尽天良毁灭了一个王子。

休伯特　陛下，——

约翰王　哪怕在我隐晦透露打算之时，你只轻摇一下头，或稍有迟疑，或满眼迷惑地望着我，像是叫我把话说明白，那深深的愧疚也会把我扎得哑口无言，使我打住话头，你的恐惧也会使我心生恐惧。但你吃透了我的暗示，再次与罪恶暗中交涉：是的，你没停下脚步，你让内心默许了，结果，你的暴力之手付诸行动，干下这件你我的舌头都耻于命名的罪行。——离开我的视线，别再来见我！我的贵族们丢下我，我的王权受到挑战，甚至敌军的战阵，已逼到门前。不，在这具血肉之躯、王国的缩影里①，在这王国之内，在这片有血、有呼吸的领土，我的良心在与我的侄儿之死交战，王权陷入内乱。

休伯特　武装起来，迎战别的敌人②吧，我能让你与你的灵魂实现和平。年轻的亚瑟还活着：我这只手，

---

① 此句原文为"in the body of this fleshly land"，应指国王自己，约翰王以为自己的血肉之躯是整个英格兰王国的缩影。

② 休伯特劝约翰王放下自己内心的敌人，应战"别的敌人"（other enemies），即入侵英格兰的法军。

也还是那只无瑕的清白之手，未染一丝血污。

杀人的念头，这可怕的冲动，从没进入我内心；

你凭我这张脸骂了自然造物①，我长相虽丑，却

藏着一颗清白之心，才不愿当屠夫，杀一个无

辜的孩子。

约翰王　　亚瑟还活着？啊！赶紧去见那些贵族，把这消息

投向他们的怒火，叫他们回心转意遵从我。原

谅我情急之下贬损了你的相貌；因我盲目发

怒，愤怒的双眼生出邪恶的想象，把你看得比

自身更可怖。啊！别不多说，只管尽快：

把满腔怒火的贵族们带到我房间。

我的恳请来得慢：你可要跑得快！（同下。）

---

① 自然造物（nature）：此处，不同编本有多种理解，诸如"天性""造物主""造化"
"自然"等。

第三场

英格兰,一城堡前①

[亚瑟(乔装成船上侍童)上。立于城墙上。]

亚瑟　　城墙虽高,那我也跳下去。仁慈的大地,同情我,别
　　　　伤害我。很少有人,或许没人认识我:即便以前认
　　　　识,这一身船上侍童的打扮,也足以把我遮掩。我
　　　　害怕,可还是要冒险;倘若跳下去,四肢没摔断,
　　　　　我就能找到一个万全之策,得以逃脱,
　　　　　冒死逃生,在这儿等死,横竖都是死。(跳下。)
　　　　上帝佑我! 这石头硬似我叔叔的灵魂:
　　　　愿上天带走我灵魂,英格兰收我尸骨!②(死去。)

---

①"第一对开本"舞台提示为"一监狱"。

②参见《旧约·创世记》3:19:"你要工作,直到你死了,归于尘土;因为你是用尘土造的,还要归于尘土。"《旧约·诗篇》31:5:"我把自己的灵魂交在你手里;/上主啊,你是信实的上帝,你会拯救我。"《新约·路加福音》23:46:"耶稣大声呼喊:'父亲啊,我把自己的灵魂交在你手里。'说完,他气绝身亡。"

（彭布罗克、索尔斯伯里及毕格特上。）

索尔斯伯里　　诸位大人，我跟他约在圣埃德蒙兹伯里①
　　　　　　　见面。形势严峻，我们务必抓住这个殷切
　　　　　　　的提议，它是最好的安全保障。

彭布罗克　　　红衣主教那封信是谁送来的？

索尔斯伯里　　梅伦伯爵，一位法兰西贵族；他私下跟我
　　　　　　　谈起王太子向我示好，所提建议比信里这
　　　　　　　几行字宽泛多了。

毕格特　　　　那明天一早我们去见他。

索尔斯伯里　　不如说那时出发；路上要花两天时间，诸
　　　　　　　位大人，我们②才能见面。

（私生子上。）

私生子　　　　诸位怒火中烧的大人，很高兴今天再次相
　　　　　　　见：国王派我请你们几位立刻去见他。

索尔斯伯里　　国王已失去我们的支持：我们既不愿用纯
　　　　　　　洁的名誉，去给他满是污渍的单薄斗篷做
　　　　　　　衬里③，也不愿去追随他每一步都留下血
　　　　　　　印的足迹。回去这么对他说：我们知道了
　　　　　　　最糟糕的事。

私生子　　　　甭管心里怎么想，我觉得最好别恶语相向。

---

① 圣埃德蒙兹伯里（Saint Edmundsbury）：位于英格兰萨福克郡（Suffolk）的城镇。
② 我们（we）：指英国众贵族和路易（王子）。
③ 意思是：我们不会掩盖他的行为。

索尔斯伯里	现在跟你争辩的,是我们的抱怨,不是礼貌。
私生子	可你们没什么理由抱怨，因此理应以礼相待。
彭布罗克	先生,先生,怒气全由自己。
私生子	没错;——怒气伤己身,伤不着别人。
索尔斯伯里	监狱到了。(一眼看见亚瑟的尸体。)——谁躺在这儿?
彭布罗克	啊,死神,以纯洁的王子之美为荣吧! 大地没有一处洞穴藏匿此事。
索尔斯伯里	谋杀,好像恨自己干了坏事,非要把此事昭然于世,催人复仇。
毕格特	或者,当他①注定要把这美王子葬入坟墓,却发觉王子之美太珍贵,不可入葬。
索尔斯伯里	理查爵士②,你怎么看? 你可曾遇见,或读过、听过类似的事? 你能想到吗? 哪怕亲眼见了,你能信以为真吗? 若非眼前这景象,你能想出相同的另一幕吗? 这是谋杀之家盾徽上的顶饰③,顶饰的顶点,顶饰的高峰,顶饰上的顶饰:这是最血腥的耻辱,

---

① 他(he):此处以人称代词"他",指称上句所说的"谋杀"。

② 理查爵士(Sir Richard):即私生子。

③ 顶饰(crest):纹章术语,指家族盾徽顶部的装饰图案或标徽。在此取"顶饰的顶点,顶饰的高峰,顶饰上的顶饰"之双关意,强调谋杀亚瑟罪孽深重。

彭布罗克　啊，死神，以纯洁的王子之美为荣吧！

最野蛮的暴行,最卑劣的打击,是怒目圆
睁的狂怒、或拧眉立目的暴怒造成的惨
景,令人流下温情悲悯的泪水。

彭布罗克　　与此相比,往日一切谋杀皆可宽恕。这件
谋杀,如此独一无二,如此难以匹敌,将把
一种神圣、一种纯洁,加在还没发生的罪
恶头上;还将证明,一场可怕的杀戮与这
臭名昭彰的先例相比,顶多算一出闹剧。

私生子　　　这是一桩该罚下地狱的血案:假如出自
一只人手,那必是一只亵渎神灵的笨重
之手①所为。

索尔斯伯里　若真是人手所为,该当如何? 要发生什么
事,我们早有预感:这件丢脸的事是休伯
特亲手干的,国王密谋、主使。我不准我的
灵魂再遵从他。我跪在这甜美生命的遗体
前,(跪下。)向这没了呼吸的高贵死者,许下
像熏香②一样升入天堂的誓言, 一个神圣
的誓言:从此不尝人间美味,从此不染尘
世欢愉,也决不稀松懒散,直到我这只手
赢得复仇的荣耀。

---

① 笨重之手(a heavy hand):亦可意译为"一只毒手"。
② 旧时人们祷告焚香,相信自己对上帝的虔诚会化为一缕青烟升入天堂。

彭布罗克和毕格特 （休伯特上。）	我们的灵魂虔诚地强化你的誓言。
休伯特	几位大人，我正急着找你们：亚瑟还活着，国王请你们去。
索尔斯伯里	啊！他胆子真大，当着死者面无愧色。——滚，你这可恨的罪犯，快滚！
休伯特	我不是罪犯。
索尔斯伯里	你非要我亲手夺过法律杀你不成？ （拔剑。）
私生子	你的剑没用过，先生；收起来吧。
索尔斯伯里	在我拿谋杀者的皮①做剑鞘之前，绝不收回。
休伯特	退后，索尔斯伯里大人，请你，退后：以上天起誓，（拔剑。）我觉得我这把剑跟你的一样锋利。大人，我不愿你忘了自己的身份，也不愿你冒险逼我合法自卫②；否则，我只注意你的愤怒，忘掉你的名望和尊贵地位。
毕格特	滚开，粪堆！你胆敢向一位贵族挑战？

---

① 旧时惯用动物皮做剑鞘。

② 合法自卫（true defence）：此句应是对索尔斯伯里上句"夺过法律杀你不成"的回应。

休伯特	死也不敢；但为了守卫我无辜的生命，我敢跟一个皇帝拼命。
索尔斯伯里	你是个凶手。
休伯特	别把我逼成真凶①：此时我还不是凶手。谁舌头说假，便没真话；谁没真话，便张嘴说谎。
彭布罗克	把他切成碎片。
私生子	听我说，保持冷静。
索尔斯伯里	闪开，否则伤着你，福康布里奇。
私生子	你最好去伤魔鬼，索尔斯伯里。哪怕你只冲我皱一下眉，或动一下脚，或发一下脾气叫我丢脸，我就弄死你。立刻把剑收起来，不然，我把你，连带你的烤肉叉②一起锤烂③，叫你以为魔鬼出了地狱。
毕格特	名声不小的福康布里奇，你要干什么？给一个罪犯、凶手当帮手？
休伯特	毕格特大人，我不是凶犯。
毕格特	那谁杀的王子？
休伯特	我离开他还没一小时，当时他好好的：我尊敬他，爱他；为这甜美生命的逝去，我将

---

① 意思是：别逼我动手杀你，真把自己变成凶手。
② 私生子把索尔斯伯里手里拿的剑轻蔑地说成"烤肉叉"。
③ 锤烂(so maul)：此处的锤子(maul)，指旧时打桩用的大木槌。

终生洒泪。

索尔斯伯里　别信他那双眼里狡猾的泪水，因为坏人并非不流泪。他精于此道，能把眼泪流成同情、无辜的长河。谁的灵魂厌恶这屠宰场的脏味儿，谁跟我走；这罪恶的血腥气快把我闷死了。

毕格特　去伯里①，去那儿见法国王太子！

彭布罗克　告诉国王可以去那儿找我们。（众贵族下。）

私生子　好一个仁慈的世界！这件好事你可知情？哪怕仁慈无边无际，只要你犯下这桩命案，休伯特，等着下地狱吧。

休伯特　听我把话说完，先生。

私生子　哈！你听我说吧：你要被诅咒得一脸黢黑②，——不，什么都没你黑，——你比魔王路西法③遭的诅咒更深：假如这孩子是你杀的，地狱里再没有比你更丑陋的魔鬼。

休伯特　以我的灵魂起誓，——

私生子　哪怕你只点头答应过这最残酷的行为，你也没指望了。如果缺绳子，从蜘蛛肚子里

---

① 伯里（Bury）：圣埃德蒙兹伯里的简称。
② 在此或借喻旧宗教剧中遭诅咒下地狱的灵魂都把脸涂黑。
③ 魔王路西法（Prince Lucifer）：因挑战上帝权威被从天国打入地狱的大天使，即魔鬼撒旦。

织出来的最细一根丝就能勒死你；一根芦苇便是一根把你吊上去的横梁；或者，你若想淹死自己，一把勺子，只往里倒一点儿水，它会变得像大海一样，足以呛死你这个罪犯。我确实非常怀疑你。

休伯特　哪怕我曾参与其中、点头默许，或心存恶念，犯下此罪，从这美丽的泥土①里偷走那甜美的呼吸，那便让地狱里的所有酷刑都不够折磨我②。我离开的时候，他一切安好。

私生子　去，把他抱起来。——我不知所措，觉得自己在这布满荆棘和危险的世界迷了路。③——你这么容易就举起整个英格兰④！生命，权利，以及这整个王国的真理，都从这一小块儿王者的尸身飞向天国；丢下英格兰，任人拉拽、抢夺，像贪食的动物一样，撕咬这个王权有争议的、

---

①泥土（clay）：指亚瑟的肉体。基督教传说中，上帝用泥土造了人和其他有生命物。

②参见《旧约·撒母耳记下》22：6："阴间的绞索缠绕着我；/坟墓的罗网等待着我。"《旧约·诗篇》18：5："阴间的绞索缠绕着我；/坟墓的罗网等待着我。"116：3："死亡的绞索环绕着我；/阴间的恐怖笼罩着我。"

③参见《新约·马太福音》13：22："那撒在荆棘中的种子，是指人听了道之后，生活的忧虑和财富的欲望窒息了道的生机，不能结出果实。"《新约·路加福音》8：14："落在荆棘里的种子是指人听了道，可是生活上的忧虑，财富和享乐的诱惑，窒息了道的生机，不能结出成熟的果实。"

④指抱起亚瑟的尸体。

胀满骄傲的国家。眼下,为了像狗一样抢食王权这根啃得精光的骨头,凶猛的战争竖起愤怒的颈毛①,在温柔的和平面前号叫。现在,外来军队和国内心存不满之人齐心协力:一场巨大的灾难,等待着篡位的王权即将垮台,活像一只乌鸦等着啄食一头病倒的牲畜。此刻,谁的斗篷、腰带能经受住这场暴风雨,谁就是幸运者。——抱着那孩子,赶快跟我走:我要去见国王。

有一千件事亟待解决,

上天对这国土皱了眉。(同下。休伯特怀抱亚瑟尸体。)

---

① 颈毛(crest):狗颈上的毛。狗发怒时,会竖起颈毛。

第五幕

第五章

第一场

英格兰,约翰王王宫

(约翰王与潘杜尔夫主教,以及侍从等上。)

约翰王　　　　　(把王冠交给潘杜尔夫主教。)这样,我把庄严的王冠交到你手中。

潘杜尔夫主教　　(把王冠交回约翰王。)从我手里拿回王冠,犹如从教皇那儿接过你的至尊王权①。

约翰王　　　　　现在遵守你神圣的诺言:去见那些法国人,以他②所享有的全部神力,在大火吞噬我们之前,阻止他们前进。我那些心怀不满的贵族们反了,我的臣民不愿服从,他们向外族人、向外国

---

① 据霍林斯赫德《编年史》记载,约翰王在与罗马教皇长期对抗之后,于 1213 年同教皇和解,并按教皇的要求先交出王冠,再由教皇的代表为他重新加冕。这也是约翰王的第三次加冕。

② 指罗马教皇。

约翰王　这样，我把庄严的王冠交到你手中。

的君王发誓效忠，献上最深切的爱。这股愤怒的洪流，唯有靠你来平息。那别再耽搁：当前形势危急，必须立刻下药救治，否则，无药可救，引发肌体崩溃①。

潘杜尔夫主教　因你一贯对抗教皇，我才刮起这场暴风雨。既然你已温顺皈依，我便用舌头使这场战争风暴安静下来，让你狂风暴雨的国土放晴转好。记好：耶稣升天节这天，你宣誓效忠教皇，我让法国人放下武器。（除约翰王，众下。）

约翰王　今天是耶稣升天节吗？先知不是说我将在升天节当天正午之前交出王冠吗？果不其然。原以为是武力强迫，感谢上天，不过自愿而已。

（私生子上。）

私生子　肯特郡已全部投降。除了多佛城堡②，无人坚守。伦敦接待法国王太子和他的军队，就像一位好客的主人。您的贵族们不愿听从您，一心投敌效忠；您的少数

---

① 指势必引起王国政治的崩盘。

② 多佛城堡（Dover Castle）：位于英格兰肯特郡的多佛。

并不牢靠的朋友，一个个吓得心慌意乱，忐忑不安。

约翰王　　那些贵族们听到年轻的亚瑟还活着，也不肯回来？

私生子　　他们发现他死了，丢在街上，像一只空匣子，里面生命的珠宝，被一只该下地狱的手抢光。

约翰王　　休伯特那个混蛋告诉我，他还活着。

私生子　　以我的灵魂起誓，他是这么说的，因为他并不知情。可您为何沮丧？为何满脸忧伤？要像您往常想的一样，把伟大付诸行动。切莫让世人看出，惊恐和忧伤焦虑统治了一个王者眼神的变化。要因时而动，以火攻火，向威胁者发出威胁，对恃强凌弱的恐怖满脸鄙夷。如此，那些在行为上效仿伟人的臣民，也会因您而变得伟大，激起不屈的决心、无畏的精神。走，像战神①有意亲临战场一样闪光，展示胆魄和昂扬的信心！怎么，难道等他们来巢穴里寻狮子，在那儿吓唬它？吓得它在那儿发抖？啊！别让人说

————————
① 战神(the god of war)：指罗马神话中的战神马尔斯(Mars)。

出这种话。把敌人当猎物,跑到远离家门的地
方迎敌,跟他①格斗,别等他靠近。

约翰王　　教皇使节刚跟我谈过,我同他达成和平共识;
他答应解散王太子所率军队。

私生子　　啊,可耻的联盟! 难道我们,脚踩本国的土地,
却要和一支入侵的军队,提出体面的条件,妥
协让步,曲意讨好,谈判,不光彩地休战? 难道
一个嘴上没毛的孩子,一个养尊处优、女里女
气、被宠坏了的孩子,也来挑战我们的土地,凭
着勇气在一片好战的国土发起战争,以轻浮招
展的军旗嘲弄我们的空气, 竟无人抵抗? 陛
下,让我们拿起武器:红衣主教未必能带来和
平,即便他能,也至少让他们看到,我们有决心
抵抗。

约翰王　　目前这局面,交你处理吧。

私生子　　　那走吧,鼓足勇气! ——可我深知,
　　　　　　我方有实力迎战一支更骄傲的强敌。(同下。)

---

① 他(him):指法兰西国王。

第二场

圣埃德蒙兹伯里附近平原，法军营地

（路易、索尔斯伯里、梅伦、彭布罗克、毕格特，全副武装，率军上。）

路易　　　　梅伦大人，把这个抄一份副本，保存好，以备查证。原件还给这几位大人。我们已写下公正的协议，双方详查这些条款，便可得知我们为何庄严宣誓，坚定守约，不容违背。

索尔斯伯里　我方绝不违约。高贵的王太子，尽管为了你的行动，我们立下一份心甘情愿、并非强迫的誓言，但相信我，太子殿下，用令人鄙夷的背叛为眼前的伤口寻一剂膏药，为治一处根深蒂固的溃疡造成好多溃疡，我不高兴。啊！我非得从腰间拔剑，变成一个制造寡妇的人，这真叫我心痛！啊！国民高喊着索尔斯伯里的名字，呼唤我光荣地拯救、捍卫英格兰①！但这个时代患了传染病，为挽回和救治我们的权利，我们不得不使用凶暴的非正义和灾难性的不公正手段②。啊！我悲伤的朋友们，我们，本岛的子孙，生来为了目睹这如此阴郁的时刻，跟随一个外国人③，在她④温柔的胸口上行进，填满她敌人的战阵，这不可悲吗？——我必须离开，为这被迫之事造成的污点哭上一阵儿。(哭泣。)——我们竟以远道而来的贵族为荣，来这儿追随陌生的战旗。怎么，在这儿？哦，我的国！愿你离开这儿！愿环抱你的尼普顿⑤的双臂，把你像个被偷的孩子一样，带你离开这儿，在一处异教的海岸将你紧紧搂住，到了那儿，这两支基督教军队便可以把仇恨的血在一条盟约的血管里合二为一，别再如此不友善地浪费它⑥！

路易　　你这番话显出一种高贵的品格，你胸中格斗的伟大激情在你的高贵本性中引起骚动。啊！在时局

———————

① 指从约翰王手里拯救英格兰，抵御法军入侵捍卫英格兰。

② 指贵族们必须进行以火攻火的战斗。

③ 一个外国人（a stranger）：指法国王太子。

④ 她（her）：代指英格兰。

⑤ 尼普顿（Neptune）：罗马神话中的海神。

⑥ 它（it）：即结盟双方合二为一的血。此句的意思是，索尔斯伯里主教希望英法两支信奉基督教的军队，能够化敌为友，合兵一处，向异教的敌人发起宗教战争。

所迫之事和对国家的崇高敬意之间，你打了一场
多么高尚的战斗！让我擦去这荣耀的泪珠，银色
的泪水在你面颊上行进。女人流泪司空见惯，我
也曾为之心软。但一见这男子汉的泪滴喷涌而
出，便震动了我的双眼，这被灵魂的风暴吹起的
泪雨，比亲眼目睹天堂的穹顶饰满燃烧的流星，
更令我惊奇不已。闻名遐迩的索尔斯伯里，扬起
眉毛，凭一颗伟大的心灵清扫这场风暴。把这些
泪水交给那些婴儿，他们从没见识过狂怒的巨大
世界，除了温情的充满活泼、欢笑、闲聊的盛宴，
也不曾与其他命运相遇。来，来吧，像路易我本人
一样，把手深深插进丰饶、成功的钱袋。——贵
族们①，既然你们的肌肉都与我的力量相连，你们
也将获益丰饶，——就在那儿，我想，一位天使②
在说话：

（潘杜尔夫主教偕侍从等上。）

路易　　瞧那边，神圣的使节飞速赶来，带给我们上天的
　　　　保证，以神圣的话语认定我们发兵乃正义之举。

---

①　贵族们（nobles）：在此或具谐音双关的意味，"诺布尔"（nobles）是旧时一种金
币（gold coins）。

②　一位天使（an angel）：在此有两层含义：一、指刻在钱币上的天使像；二、路易
说这时，已看到教皇的使者潘杜尔夫主教正匆匆赶来。在路易眼里，教皇使节犹如天
使一样，代表自己得到"上天的保证"。

潘杜尔夫主教	高贵的法兰西王太子,致敬! 我要接着说的是:约翰王已同罗马和解。他曾与神圣的教会、伟大的宗教中心和教皇的席位,如此分庭抗礼,现已言归于好。因此,现在卷起你吓人的军旗,驯服疯狂战争的野性,像一头由人亲手养大的狮子,温顺地卧在和平的脚下,除了长得凶,丝毫不伤人。
路 易	请阁下原谅,我决不收兵。我这么高贵的出身,不能被当成一个物件,退居次席听人摆布,或随便被世上哪个君王利用,沦为仆人和工具。当初你一番话,燃起我和这个该遭严惩的王国间已成死灰的战火,并往这火里添柴加料;眼下,火势太猛,起初吹燃它的那股弱风,已无法将它吹灭。你教我如何识别正义的面孔,点拨我向这片国土提出合理要求,是的,还把这番事业①硬塞进我心里。如今,你又跑来告诉我,约翰跟罗马讲和了!那个议和与我何干?我,凭婚床之荣

————————

① 这番事业(this enterprise):指当初潘杜尔夫主教鼓动法国王太子出兵远征英格兰,为罗马教皇效力。

耀,继年轻的亚瑟之后,要求这片国土归我所有。眼下,半个国家已被我征服,你却因约翰与罗马和解,叫我收兵?我是罗马的奴隶?为支持这次行动,罗马出过几个钱?供给多少兵马?送来多少军需品?不是我承担这笔费用吗?除了我和这些应召而来的我的臣民,谁为这次远征出过汗,供养过这场战争?当我围攻城镇时,莫非我没听见这些岛民用法语高喊"国王万岁!"[1]?在这场拿一顶王冠定输赢的牌局中,我不是手握王牌,能轻易取胜吗?难道此时要我放弃这手好牌?不,不,以我的灵魂起誓,我绝不说这话。

潘杜尔夫主教　这件事你只看到表面。

路易　表面也好,内里也罢,在我这次行动得取荣耀、我的宏愿达到预期之前,我决不收兵。当初,我召集这支英勇的军队,从全国挑选这些火热的生命,只为藐视征服[2],不惜在危险和死神的嘴里求功

---

① "国王万岁",原文为法语"Vive le roi",即"Long live the king"。

② 藐视征服(outlook conquest):即藐视约翰王上一次远征法兰西取得的胜利。

名。(号角齐鸣。)哪儿吹响这样雄壮的号角
在召唤我？

(私生子偕侍从等上。)

私生子　　　　　依照世上的骑士规则，让我向你传话：
　　　　　　　　我奉命前来，有话要说，——神圣的米
　　　　　　　　兰大主教，国王派我来，只为获悉您替
　　　　　　　　他办的事进展如何。根据您的答复，我
　　　　　　　　便知晓，我这条威权指定的舌头该如何
　　　　　　　　复命。

潘杜尔夫主教　　王太子敌意太深，固执己见，对我的交涉
　　　　　　　　寸步不让。他明确说不会放下武器。

私生子　　　　　以我曾喷出怒火的全部嗜血的激情起
　　　　　　　　誓，这个年轻人说得好。——现在，听
　　　　　　　　听英国国王怎么说，此时我代表英王陛
　　　　　　　　下：他准备好了，理由充分本该这么做。
　　　　　　　　对这次像猴子似的无礼进兵①，对这场
　　　　　　　　顶盔掼甲的假面舞会，对这一鲁莽的狂
　　　　　　　　欢，对这支从未听闻的傲气、稚嫩的军
　　　　　　　　队，国王淡然一笑；他充分备战，要把这
　　　　　　　　场侏儒似的战争，把这支矮子军队，从

———————————

　　① 像猴子似的(apish)：愚蠢(foolish)之意。"无礼的"(unmannerly)在此另具"怯
懦的"(unmanly)之意，即表达：此番进兵十分怯懦。

他国土圈子里赶出去。那只手曾在你家门口，铆足力气，一顿棒打，打得你仓皇跳门①，打得你像水桶一样藏身井底，打得你蜷伏在马厩地板上的稻草里，打得你像抵押物一样躺进箱子、柜子锁起来，打得你跟猪缩在一起，打得你去地窖和牢房寻安身之地，打得你一听贵国的小公鸡②打鸣，便以为有支全副武装的英军杀到，吓得浑身发抖。在你家房子里教训过你的那只胜利之手，在这儿就没力气了？不！要知道，英勇的君王戎装在身，像一只在鹰巢上翱翔的鹰，谁敢近前搅扰他的鹰巢，他就猛扑下去。你们这些堕落之人，你们这帮忘恩负义的反贼，你们这群嗜血的尼禄们③，撕碎了你们亲爱的母亲英格兰的子宫，羞得面红耳赤吧。因为你们自己的妻子和面容苍白的女儿们，都像亚马逊族女战

①门（hatch）：指门前低矮的半门（the lower half of the door）。仓皇跳门，意即落荒而逃。

②小公鸡（crow, i.e. cockerel）：不足一岁的小公鸡。公鸡是法国的国家象征，此处意在挖苦法国人怯懦。

③尼禄们（Neroes）：尼禄（Nero, 37—68），史载以残暴著称的罗马皇帝（54—68年在位），相传亲手杀死母亲后，撕开母亲的子宫。

士①一样,追随战鼓轻装赶来:她们把手
里的顶针变成打仗的铁手套,把绣针
变成长矛,把温柔的心变成凶残血腥的
性情。

路易　　　　　你终止挑战,安然退回吧。我承认你比
我们更能吵骂。再见。我们的时间太宝
贵,跟一个打嘴仗的人耽误不起。

潘杜尔夫主教　请允许我说句话。

私生子　　　　不,我要说。

路易　　　　　谁的话我也不听。擂鼓,让战争的舌头
诉说我们的权利和来这儿的目的。

私生子　　　　真的②,你的鼓,一敲就高声喊。你也一
样,一打就放声叫。只要你喧闹的鼓一
有回声,附近早备好的另一面鼓,便会
回应同样的巨响。你再敲一面鼓,又会
引来一面鼓,鼓声同样大,咚咚咚震响
上天的耳朵,嘲弄洪亮的雷鸣。因为勇
武善战的约翰就在附近,——他信不
过这个拿不定主意的使节③,只为哄他

---

　　①亚马逊族女战士(Amazons):传说中的古希腊女战士部族,后被雅典国王提
修斯(Theseus)征服。
　　②真的(indeed):表示惊讶、怀疑、讽刺的口吻。
　　③指潘杜尔夫主教。

跑腿儿取乐,并非真有所需。——约翰额头上坐着一副死神的骨架,他今天的差事就是要拿数千法国人的性命饱餐一顿。

路　易　　　　敲响战鼓,我要看看这危险在何处。

私生子　　　　王太子,莫怀疑,危险自会找上门。(众人自不同门分下。)

第三场

圣埃德蒙兹伯里附近平原，一战场

[战斗警号。约翰王及休伯特(自不同门)上。]

约翰王　　战况如何？啊，告诉我，休伯特。

休伯特　　怕是不妙。陛下身体可好？

约翰王　　这场热病折磨我好久，更厉害了。——啊，我这是心病！

(一信使上。)

信使　　　陛下，您勇敢的亲戚福康布里奇敦请陛下离开战场，并派我把您的去向传信给他。

约翰王　　告诉他前往斯温斯特德①，去那儿的修道院。

信使　　　您请安心，王太子在这儿期盼的大批援军，三天前在古德温暗沙②失事。理查③也刚刚收报这

――――――――――――――

　　① 此处原文为"Swinstead"(斯温斯特德)，实则应为英格兰林肯郡的 Swineshead(斯韦恩斯赫)。

　　② 古德温暗沙(Goodwin Sands)：指距肯特郡海岸十公里、位于多佛海峡北海口处、绵延十六公里长的危险沙洲。

　　③ 理查(Richard)：即私生子。

　　　　　　　个消息。法军士气低落，开始退兵。

约翰王　　　唉，惨呐！这暴虐的热病把我烧化了，不让我欢
　　　　　　迎这好消息。——向斯温斯特德进发。立刻上
　　　　　　担架。我浑身没劲儿，要昏倒了。（同下。）

第四场

圣埃德蒙兹伯里附近平原,战场另一部分

(索尔斯伯里、彭布罗克、毕格特及其他上。)

索尔斯伯里　　没想到这么多人支持国王。

彭布罗克　　　回去战斗,给法国人鼓劲儿,他们若是败
　　　　　　　了,我们也一败涂地。

索尔斯伯里　　那个非法生下来的魔鬼福康布里奇,不顾
　　　　　　　一切,独自撑起战局。

彭布罗克　　　听说约翰王重病,已离开战场。

[梅伦(负伤)上。]

梅伦　　　　　引我去见这儿的英格兰反贼。

索尔斯伯里　　咱们幸运之时,没人这么叫。

彭布罗克　　　是梅伦伯爵。

索尔斯伯里　　受了伤,快死了。

梅伦　　　　　逃命吧,高贵的英国人,你们全被出卖了。

彭布罗克　　是梅伦伯爵。
索尔斯伯里　受了伤,快死了。

退出反叛的粗暴针眼①，欢迎被丢弃的信仰回归。找到约翰王，跪在他脚下；因为若法国人打赢这场恶战，他②要砍下你们的脑袋，来酬劳你们的辛苦。这是他在圣埃德蒙兹伯里神坛前立下的誓言，就是当初咱们一起发誓永结盟好的那个神坛，当时，我和好多人都在场。

索尔斯伯里　这可能吗？这会是真的？

梅伦　难道我没面临可怕的死亡，血将流尽，生命只剩一丁点儿，像火边即将溶解的一具人形蜡像？既然我行骗捞不到任何实惠，那世上还有什么非要我现在去骗？既然我非死这儿不可，凭忠诚才能得永生，我何必说谎？我再说一遍，倘若路易赢了这一战，还能让你们眼见次日东方破晓，那他便发了假誓。倘若路易在你们支援下赢了这一仗，就在今夜，——夜气蔓延，把在山顶燃烧的衰老、虚弱、劳累一天的太阳变得模糊，——就在这个罪恶之夜，你们的呼吸将终止，他不惜以一种阴险的手段，

---

①参见《新约·马可福音》10：24："耶稣又说：'孩子们啊，有钱人要成为上帝国的子民，比骆驼穿过针眼还难。'"

②他(he)：指法国王太子。

结束你们的性命，为你们遭人唾骂的背叛
交罚金。请代我向陪着国王的一位休伯特
致意；他是我好友，——另外还有一层考
虑，因为我祖父是个英国人，——这唤醒
了我的良知，把一切实情相告。我恳请你
们，作为交换，把我从喧嚣骚乱的战场抬
走，让我静心思忖一下残余的想法，用深
思和虔诚的愿望将我这肉体与灵魂分离。

索尔斯伯里　我们相信你。——这千载难逢之机，我若
不爱它引人注目的外观，便诅咒我的灵
魂。凭此良机，我们要从这遭诅咒的逃亡
途中原路返回，像一场势头减退的洪水，
离开我们恣意漫流的河道，向我们俯视过
的那些堤岸屈尊，乖顺地平静流向我们的
大海，流向我们伟大的约翰王。——我来
当帮手，把你抬走，因为我从你眼里看清
了死神残酷的折磨[1]。——

走吧，朋友们！欢迎新逃亡[2]，

幸运的新逃亡，朝向旧王权。[3]（同下。）

---

[1] 参见《旧约·撒母耳记下》22：5："死亡的浪涛环绕着我；/毁灭的激流冲击着我。"
[2] 指逃向约翰王。
[3] 指效忠约翰王。

第五场

圣埃德蒙兹伯里附近平原,法军营地

（路易及侍从等上。）

路易　　当英军大踏步在自己地面上怯懦撤军，我觉得，连天上的太阳都不愿落山，干脆停在那儿，把西方的天空映红。啊！我们昂首离开战场，当时，打完这场血战，我们又多余齐射一轮排炮，算道一声晚安，随后清理战场，卷起破烂的军旗，最后离开战场，俨然就是战场的主人！

（一信使上。）

信使　　王太子殿下在哪儿？

路易　　在这儿。什么消息？

信使　　梅伦伯爵被杀。那些英国贵族经他劝说，又叛变了。您期盼已久的援军，在古德温暗沙失事沉没。

路易　　啊！刺耳的坏消息！——我从心底诅咒你！——没想到今晚这个消息把我害苦了。——在绊人跌倒的黑夜，把疲惫的两军分开之前一两个小时，约翰王已逃走，这话谁说的？

信使　甭管谁说的，殿下，那是实情。

路易　好吧。今晚加强警戒，小心提防。不等明天破晓我就起身，去赌明天的好运。（众下。）

第六场

英格兰,斯温斯特德修道院附近一空地

(私生子与休伯特分上。)

休伯特　　谁在那儿? 喂,说话! 快说,不说我开枪了。

私生子　　一个朋友。你是谁?

休伯特　　英格兰这边的。

私生子　　你去哪儿?

休伯特　　与你何干? 你一开口就盘问我,我因何不能先盘问你?

私生子　　我猜,是休伯特?

休伯特　　一猜就中。既然你对我舌头这么熟,那不管什么风险,我都信你是我的朋友。你是谁?

私生子　　我是谁,随你想。你若愿意,尽可对我以友相待,把我想成普朗塔热内家族的人。

休伯特　　不近情理的记性! 你和无尽的黑夜叫我丢脸。勇敢的军人,原谅我,来自你舌头的随便哪个

口音，都让我的耳朵逃过了老相识。

私生子　行了，行了，不必拘礼。那儿①有什么消息？

休伯特　唉，我在漆黑的夜幕下摸到这儿，正要找你。

私生子　那简单说吧，什么消息？

休伯特　啊！我亲爱的爵士，消息与这夜色相配，——黢黑，可怕，令人惊恐不安。

私生子　把这坏消息的伤口露给我看，我不是女人，看了不会晕倒。

休伯特　国王怕是被一个修士下了毒，我离开时，他已几乎说不出话。我冲出来，把这坏消息告诉你，好让你做好应急准备，别知道晚了手足无措。

私生子　他怎么中的毒？谁先替他尝的②？

休伯特　告诉你，是个修士，一个故意下毒的恶棍，他的肠子突然迸裂③。国王还能说话，估计可以恢复。

私生子　你走了谁留下照顾国王？

休伯特　怎么，你不知道？贵族们都回来了，陪着亨利王子④一起来的。经王子求情，国王赦免了他们。

---

①指约翰王那儿。

②旧时为防止国王中毒，宫中专门设有试吃者（taster），每次餐饮前，须先试吃。

③参见《新约·使徒行传》1：18：“犹大用他作恶赚的钱买了一块地；就在那儿，他仆倒在地，肚腹崩裂，肠子都流了出来。”

④亨利王子（Prince Henry）：约翰王之子，后来的亨利三世（Henry Ⅲ，1207—1272），1216 年继位。

现在他们全在陛下身边。

私生子　　全能的上天,遏制你的愤怒,别用我们不能承受之力考验我们①! ——我跟你说,休伯特,今晚过那片沙洲时,我有一半人马被潮水卷走了。——林肯郡的沃什湾吞食了他们②。我多亏骑了一匹高头大马,才逃过一劫。走吧,引我去见国王,只怕不等见面,人已经死了。(同下。)

---

　　① 参见《新约·哥林多前书》10∶13:"你们所遭遇的试探,人皆能承受。上帝忠信,不会让你们接受力不能及的试验。他总会开一条路,让你们在接受试验时能够承受。"

　　② 英格兰东岸的北海海湾沃什湾(the Wash),位于林肯郡和诺福克郡之间,长二十四公里,宽十九公里。1216 年 10 月 14 日,约翰王试图在落潮时涉水渡过沃什湾,国王及大部人马渡过后,剩余装载辎重和宝物的车马被回涌的潮水卷走。至今,此处地名仍叫"国王角"(King's Corner),亦引起后世传闻,称此处埋葬着约翰王的大笔宝藏。莎士比亚移花接木,把历史上发生在约翰王身上的事,移植到剧中的私生子身上。

第七场

英格兰,斯温斯特德修道院花园

(亨利王子、索尔斯伯里与毕格特上。)

亨利王子 来得太晚了,他全身血液的生命力已染毒腐坏,原本清醒的脑子,——有人猜想那是灵魂的脆弱居所,——说着胡话,预示生命的终结。

(彭布罗克上。)

彭布罗克 陛下还能说话,坚信若把他抬到户外,把他击倒的剧毒引起的高热准能减弱。

亨利王子 那把他抬到花园这儿来。(毕格特下。)——他还说胡话吗?

彭布罗克 比您离开时安静多了,这会儿在唱歌。

亨利王子 啊,荒谬的疾病!极度的病痛持续久了,身体反倒觉不到痛。死神捕食完躯壳,隐身离去;现在又开始围攻脑子,他用好多奇思怪想的

军队刺伤脑子,这群奇怪的幻想挤进那最
后的堡垒①,自我毁灭。真奇怪,弥留之际
还唱歌。——这只苍白虚弱的天鹅,在为
他自己的死亡,唱一首悲伤的圣歌②,他用
病弱的管风琴③, 把他的灵魂和肉体唱入
永久的安息。我,是他的小天鹅。④

索尔斯伯里　振作起来,王子殿下,您生来就是要把他
留下的如此无序、如此粗暴的乱局,理出
一个头绪。

(毕格特及侍从等抬约翰王上。)

约 翰 王　啊,以圣母马利亚起誓,眼下我的灵魂空
间足够大,它不愿从门窗脱身而出⑤。我心
里有一个炎炎夏日, 整个内脏都要崩溃,
变成灰尘。我是一份仓促起草的文件,一
支鹅毛笔写在一张羊皮纸上, 拿火一烤,
我就缩了。

亨利王子　陛下怎么样?

约 翰 王　中毒了,——吃坏了;——死了, 遭遗弃

---

① 最后的堡垒(that last hold):指脑子(the brain)。
② 传说天鹅临死前会发出一生中最凄美的悲鸣。
③ 管风琴(organ-pipe):指喉管。唱圣歌,一般以管风琴伴奏。
④ 约翰王死时,亨利王子尚年幼。
⑤ 旧时迷信人死前若在空旷的户外,灵魂脱离肉体,无需穿门翻窗,可直升天堂。

了，被扔掉了。你们没有谁能叫来寒冬，命
他把冰冷的手指插我嗓子①里；要么，让我
王国的河水流经我燃烧的胸膛；要么，恳
求北风用他刺骨的风吻我焦渴的双唇，拿
阴冷安慰我。我对你们所求无多，——只
求一缕安慰的冷风，而你们竟如此严厉②，
如此不领情，干脆拒绝了我。

亨利王子　　啊！唯愿我的泪水有点儿康复之力，为您
减轻苦痛！

约翰王　　泪里的盐是热的。——我的内心是一座
地狱，关在里面的毒药，像一个恶魔，对我
不可救药、被判有罪的血液施以暴行。

（私生子上。）

私生子　　啊！我被强烈的冲动和渴望灼伤，快马飞
奔，急见陛下！

约翰王　　啊，侄儿！你是来叫我瞑目的。我心里的船
索③已崩裂、焚毁，维系我生命的所有缆绳
已变成一根线，一根细细的头发丝；一根
可怜的心弦撑着我的心，只为等你带来消
息。然后，这一切在你眼前，顶多只是一块

① 嗓子（maw）：亦可解作"胃"（stomach）。
② 严厉（strait, i.e. severe）：亦可解作"吝啬"（stingy）。
③ 船索（tackles）：指船上缆绳之类的索具。

　　泥土①，一具毁灭了的君王的模型②。

私生子　　　　法国王太子正领兵前来，我们如何迎战，
　　　　　　　只有上帝③知晓。因为我正想连夜调集精
　　　　　　　兵，赢得先机，不料在沃什湾，部队毫无防
　　　　　　　备，全被突如其来的汹涌狂潮吞噬了。（约
　　　　　　　翰王死。④）

索尔斯伯里　　你把这丧命的消息送入一个垂死之人的
　　　　　　　耳朵。——（向约翰王。）陛下，主上！——刚
　　　　　　　还是一位国王，——转眼变成这样。

亨利王子　　　我势必这样走下去，以同样的方式止步。
　　　　　　　刚还是一位国王，转眼变成一块泥土，那
　　　　　　　世界的保证、希望、支撑何在？

私生子　　　　（向约翰王。）您就这样走了？我留存于世，只
　　　　　　　求为您效劳、替您报仇，然后我的灵魂陪
　　　　　　　护您升天，犹如尘世之中我始终是您的仆

---

　　①《旧约·创世记》3：19：“你要工作，直到你死了，归于尘土；因为你是用尘土
造的，还要归于尘土。”

　　②模型（module, i.e. model）：亦有解作“形象”或“影像”（image），另有解作“假冒
的君王”（the counterfeit royalty）。

　　③“第一对开本”此处为“heaven he”（上天），但原稿可能是“God he”（上帝），改
于1606年之后。1606年，议会通过一项《限制演员滥用词语法案》（*Act to Restrain
Abuses of Players*），规定舞台上禁用“上帝”“耶稣”“圣灵”“三位一体”等赌咒发誓，违
者每次处以十镑罚款。

　　④历史上，约翰王并非死在斯温斯特德（实为斯韦恩斯赫）修道院花园，他在抵
达这里的第二天，被人在担架上抬往林肯郡的集镇新斯莱福德（New Sleaford）城堡，
10月16日，抬往纽瓦克（Newark）城堡，18日，死于纽瓦克，时年49岁。

人。——(向众贵族。)现在,现在,诸位回归正轨的星宿①,你们的军队在哪儿?眼下,展示你们修补的信仰,马上跟我返回,把毁灭和永久的耻辱,推出灰心丧气的领土虚弱的国门。立刻迎敌,否则,立刻被攻:法国王太子一路狂怒紧随而来。

索尔斯伯里 那你知道的似乎没我们多。潘杜尔夫主教在里面休息,他半小时前刚从王太子那儿来,带来我们可以接受的和平建议,意在立即停止这场战争,不失荣誉,又不伤自尊。

私生子 他若看到我们加强防御充分备战,更应如此。

索尔斯伯里 不,在一定程度上已经停战了。因为他把许多枪械车辆都派到海边,并把自己关切之事和这场争端,全交给主教来处理。如果你觉得妥当,今天下午,你,我,再加另外几位大人,赶快去见主教,把这件事做一圆满了结。

私生子 就这么办。——(向亨利王子。)高贵的王子,您和其他几位不必前往的贵族,留下来侍

---

① 星宿(stars):此处以此代称"贵族们"(nobles)。

	候您父王的葬礼。
亨利王子	一定要把他葬在伍斯特①,他遗嘱这样写的。
私生子	那就葬在那儿吧。愿仁慈的殿下您,顺利登上合法继承之王位,加身国土之荣耀!我以全部之恭敬,献上我永久真心之臣服,为您效忠。(跪地。)
索尔斯伯里	献上我们同样的敬爱,永不玷污。(众贵族跪地。)
亨利王子	我愿献上感恩之心,除了流泪,不知该如何表达。(流泪。)
私生子	啊!让我们花时间表示必要的哀悼,因为我们早已预支过悲伤。——这英格兰过去从来不曾,将来也永不会,倒在一个征服者骄狂的脚下,除非它先行动手自我伤害。眼下她②这些贵族们重回家园,哪怕全世界武装起来四面③来攻,我们也必将击退他们。

---

① 伍斯特(Worcester):伍斯特郡,英格兰西部一郡。

② 她(her):即英格兰。

③ 四面来攻(three comers):此处并非实指"三面(three)来犯之敌",应指全世界武装的敌人全方位进攻,即"四面来攻"。旧译多为"三面"或"三个方向",且以为实指三个具体敌国,即西班牙、法兰西、罗马教廷。然而,在1603年之前,正北面的苏格兰,始终是英格兰的劲敌。

亨利王子　一定要把他葬在伍斯特，他遗嘱这样写的。
私生子　　那就葬在那儿吧。

只要英格兰对自己忠心不贰，

没任何东西让我们为之伤悲。①

（同下。）

（全剧终）

---

① 悲伤（rue, i.e. grieve）：亦有解作"悔恨"（repent）。

"无地王"约翰：
一个并非不想成就伟业的倒霉国王

傅光明

一、写作时间和剧作版本

1. 写作时间

现已公认，《约翰王》写于 16 世纪 90 年代中期的 1594 年至 1597 年间，五大理由如下：

第一，1598 年 9 月 7 日，作家弗朗西斯·米尔斯(Francis Meres, 1565—1647)牧师在伦敦的书业公会(Stationers' Company)登记印行的《智慧的宝库》(*Palladis Tamia*)一书中，提到《约翰王》。

第二，许多莎学家认为，从诗体风格来看，《约翰王》应与《理查二世》写于同一时段，再从后者戏剧结构的相对合理、剧中人物刻画的相对丰满，以及诗风抒情的相对强化来看，前者写作在前。诚然，拿作家写作这件事来说，并非晚作一定好于少作。牛津版《莎士比亚全集》的编者们，由剧中稀有词汇的发生率、诗体中的俗语运用、停顿模式、罕见的韵诗等几方面断定，《约翰王》

1596 年完稿,比写于 1597 年的《亨利四世》(上)早,比写于 1595
年的《理查二世》晚。不过,这个事实十分清楚,即在全部莎剧中
只有两部是全诗体,一部是《约翰王》,另一部是《理查二世》。

第三,戏剧家托马斯·基德(Thomas Kyd, 1558—1594)写于
1582 年至 1592 年间的《西班牙的悲剧》(*The Spanish Tragedy*)
对莎剧《约翰王》有直接影响。比如,《西班牙的悲剧》第一幕第一
场的三行诗句——"他专擅狩猎死狮子? / 剥下狮皮做衣裳, /
好比兔子敢揪死狮子的胡子",几乎被莎士比亚原封不动植入
《约翰王》第二幕第一场私生子(福康布里奇)与布兰奇公主嘲弄
奥地利大公的对话中,私生子挖苦奥地利大公:"你就是俗语里
说的那只兔子,勇气大得敢扯死狮子的胡子。"之后,布兰奇随声
附和:"啊,剥狮皮之人,身披狮皮最合体!"

《西班牙的悲剧》常被认为是伊丽莎白时代第一部成熟的剧
作。除此之外,被认为八成出自基德之手、写于 1593 年的另一部
剧作《索丽曼与珀西达》(*Soliman and Perseda*),也对莎士比亚编
写《约翰王》有影响。

第四,1591 年出版,可能出自戏剧家乔治·皮尔(George Peele,
1556—1596)之手的《骚乱不断的英格兰约翰王朝》(*The Trou-
blesome Reign of John, King of England*,以下简称《约翰王朝》),
是莎剧《约翰王》的重要素材来源,两剧剧情十分接近。

然而,英国当代莎学家恩斯特·霍尼格曼(Ernst Honigmann,
1927—2011)在其为 1954 年阿登版《莎士比亚全集·约翰王》第
二版所写序言,及其 1982 年出版的专著《莎士比亚对同时代人
的影响》(*Shakespeare's Impact on His Contemporaries*)中,坚持

认为，莎剧《约翰王》早于《约翰王朝》，因写作上并非前者借鉴后者，而是后者效仿前者。若此，《约翰王》的写作则要提早至 1589 年之前。霍尼格曼的学术前辈、著名莎学家多佛·威尔逊(Dover Wilson, 1881—1969)持相同观点。不过对此，莎学家们多不赞同。

第五，一些文学史家认定，莎剧《约翰王》中康丝坦斯痛失亚瑟之伤悲绝望，分明是莎士比亚丧子之痛的真实写照。1596 年 8 月 11 日，莎士比亚的独子哈姆尼特(Hamnet, 1585—1596)因病夭折，莎士比亚痛不欲生。何处寄哀思？设计《约翰王》剧情时，莎士比亚安排康丝坦斯在第三幕第四场，以为儿子亚瑟已死，心烦意乱，披头散发，悲从中来，向宽慰她的法兰西国王腓力二世慨叹："若悲愁能填补我没了儿子的空缺：睡在他的床上，和我一起走来走去，装出他可爱的模样，重复他说过的话，令我想起他身上一切可爱之处，以他的形体把他空落落的衣裳填满；那我就有理由溺爱悲愁。……主啊！我的孩子，我的亚瑟，我的漂亮儿子，我的命根子，我的喜乐，我的食粮，我的整个世界！我孀居中的安慰，我悲愁里的良药！"

或许有理由相信，莎士比亚在借康丝坦斯哀悼亚瑟，来浇丧子后的胸中块垒！若此，《约翰王》的写作时间几乎可精确到 1596 年夏秋。

除了以上，另有莎学家认为，《约翰王》的写作早在 1587 年告竣，因为史学家拉斐尔·霍林斯赫德 (Raphael Holinshed, 1525—1580？)所著《英格兰、苏格兰和爱尔兰编年史》(*Chronicles of England, Scotland and Ireland*, 以下简称《编年史》)第二版在这一年出版，该版第三卷是莎士比亚历史剧的主要素材来源之一。显然,这个理由不充分,虽说莎士比亚历史剧中有许多情节都是照霍林斯赫德《编年史》里的葫芦画的瓢,但并无任何证据表明,莎士比亚刚一看完新版《编年史》,便摇着鹅毛笔写起了《约翰王》。

另外,早在《约翰王朝》和莎剧《约翰王》之前,舞台上还上演过一部名为《约翰王》(*Kynge Johan*,约 1538 年)的插剧(the interlude),作者是新教辩护士约翰·贝尔(John Bale, 1495—1563)牧师,这部插剧是英国戏剧由旧道德剧向历史剧过渡的标志。但并无直接证据显示,它对莎剧《约翰王》有丝毫影响。

2. 剧作版本

莎剧《约翰王》不存在任何版本问题,1623 年出版的世间第一部莎士比亚作品集,即著名的"第一对开本"《威廉·莎士比亚先生的喜剧、历史剧和悲剧》(*Mr. William Shakespeare's Comedies, Histories, & Tragedies*)中的《约翰王》,是唯一的权威文本,剧名全称为《约翰王的生与死》(*The Life and Death of King John*)。不过,该本是否根据剧团的一份台词本(a prompt-book)或莎士比亚的编剧草稿(foul papers)印制而成,尚无定论。

二、原型故事从何而来

1. 莎剧《约翰王》的原型故事

现已认定,可能出自乔治·皮尔之手的旧戏《约翰王朝》是莎剧《约翰王》的重要原型故事。其实,关于《约翰王朝》到底出自谁手,一直存疑,有人认为作者不详,有人推测作者可能是剑桥、牛津出身的"大学才子派"作家克里斯托弗·马洛(Christopher Marlowe, 1564—1593）、罗伯特·格林（Robert Greene, 1558—1592）或托马斯·洛奇（Thomas Lodge, 1558—1625）中的某一位。

《约翰王朝》共两部，于 1591 年分开印行，第一部标题页如下：

> 骚乱不断的英格兰约翰王朝，及狮心王理查的私生子（俗称"私生子福康布里奇"）；另有约翰王在斯温斯特德修道院（Swinstead Abbey）之死。该剧曾由女王陛下剧团（于各种时间）在荣耀的伦敦城公演。由桑普森·克拉克（Sampson Clarke）出版，并在其位于伦敦交易所后身的书店出售。伦敦，1591 年。

第二部标题页如下：

> 骚乱不断的英格兰约翰王朝，包括亚瑟·普朗塔热内之死，路易登陆，以及约翰王在斯温斯特德修道院中毒而亡。该剧曾由女王陛下剧团（于各种时间）在荣耀的伦敦城公演。由桑普森·克拉克出版，并在其位于伦敦交易所后身的书店出售。伦敦，1591 年。

"普朗塔热内"（Plantagenet），即后人熟知的"金雀花（王朝）"（Plantagenet, 1154—1485）之音译。

此后，这部篇幅比莎剧《约翰王》长约 300 诗行的《约翰王朝》再版过两次：1611 年，两部合二为一，由约翰·赫尔姆（John

Helme)出版,标题页印有"Written by W. Sh."字样,W. Sh.是威廉·莎士比亚的缩写;1622 年第三版由托马斯·迪维斯(Thomas Dewes)出版,标题页印明"Written by W. Shakespeare"。不用说,出版商这么干,意在盗用莎士比亚之名大赚其钱。不过,这却曾一度造成有后代学者误以为这部《约翰王朝》真的出自莎士比亚之手。

关于《约翰王朝》对莎剧《约翰王》有何影响,或曰莎士比亚如何改编这部旧戏,梁实秋在其《约翰王》译本的序中说:"这部旧戏虽然不是什么天才之作,但是主要的故事穿插以及几个重要的人物都已具备,莎士比亚加以删汰改写,大体的面目都被保存,甚至旧戏中的错误,亦依样葫芦。不过,旧戏的重点在于反天主教,莎士比亚的重点在于人物描写。例如私生子那个角色,好像是为了某一个演员[可能即是理查·博比奇(Richard Burbage)]而特写的一般,大肆渲染,除第三幕外每幕结尾处均是私生子的台词。莎士比亚删掉了旧剧的四景,没有增加新景,比旧戏共少三百行,但是给予我们一个更充实有力的印象。这是研究莎士比亚如何改编旧戏之最好的一个实例。"①

由梁实秋所言,对两剧之异同稍作比对:

第一,两剧均以约翰王 1199 年加冕英格兰国王到 1216 年去世的统治时期为剧情背景,剧中涉及的人物、事件相同。

第二,莎剧《约翰王》第五幕第四场第四十二行台词与《约翰王朝》一模一样,即法国贵族梅伦临死前向索尔斯伯里伯爵透

---

①[英]威廉·莎士比亚:《莎士比亚全集》(第四集),梁实秋译,中国广播电视出版社,1995 年,第 7—8 页。

露:"他(休伯特)是我好友,——另外还有一层考虑,因为我祖父是个英国人。"

第三,两剧均未涉及约翰王在叛乱男爵们的强大压力下,于1215 年6 月15 日在温莎(Windsor)附近的兰尼米德(Runnymede)签署的、以拉丁文书写的、有六十三项条款、旨在限制王权的《大宪章》(拉丁文为 *Magna Carta Libertatum*, 简写为 *Magna Carta*;英文为 *Great Charter of Liberties*)。

在后人眼里,约翰王与《大宪章》密不可分。为何两剧均不提这件令约翰王受辱蒙羞之事? 对旧戏《约翰王朝》或只能这样推测:女王伊丽莎白一世(Elizabeth Ⅰ, 1533—1603)1558 年继位后,王权极不稳固,整个王国内忧外患。于内,贵族中一直有人阴谋废黜女王;于外,须不时提防信奉天主教的法兰西和西班牙两大强敌。尽管1588 年女王的海军打败了西班牙无敌舰队,但1591年便在《约翰王朝》中把贵族们逼迫约翰王签署旨在限制王权的《大宪章》情景再现,恐刺激女王。对莎剧《约翰王》来说,或可由其戏剧结构之混乱,这样推测:莎士比亚对该剧兴趣不大,只为赶紧照葫芦画瓢,把《约翰王朝》的爱国主义及反天主教宣传淡化掉,匆忙编一部"下锅之作"(a piece of hack work)[1],把快钱挣到手。

第四,《约翰王朝》有强烈的反罗马天主教色彩,莎剧《约翰王》将其所有反天主教的剧情,包括一些对戏剧力有强化作用的细节全部"删汰"。比如,在《约翰王朝》中,意图毒死约翰王的那

---

[1] 参见新剑桥版《约翰王》导论。*King John*, Edited by L. A. Beaurline, Cambridge University Press, 2012, p.1.

位斯温斯特德修道院修士,在一段独白中表明,自己之所以谋害国王,只因他洗劫修道院罪不容诛,要让他受到应有的惩罚。而且,剧中有修士投毒、约翰王饮酒一场戏,在戏里,约翰王从假扮宫中"试吃者"(taster)的修士手里接过酒杯,喝下毒酒。毒性发作,约翰王在极度痛苦中死去。

另外,《约翰王朝》中还有一处喜剧性桥段:当私生子彻查一座修道院时,竟搜出一位藏身于此的修女。莎士比亚将此抹去,只在第三幕第四场借潘杜尔夫主教之口一语带过:"私生子福康布里奇,此时正在英格兰洗劫教会,冒犯基督徒的爱心。"

说实话,被莎士比亚"删汰"的这几处,都不无戏剧表现力。

2. 历史上的"无地王"①与莎剧中的约翰王

约翰·普朗塔热内(John Plantagenet, 1166—1216),即约翰·金雀花,简称约翰王,是英格兰王国"金雀花王朝"(House of Plantagenet)第三任国王(1199—1216),因在位期间将其父(亨利二世)、兄(理查一世)赢得的在欧洲大陆的诺曼底公国(Duchy of Normandy, 1066—1204)及英格兰王权所属大部分领土,都输给了法兰西国王腓力二世(Phillip II, 1165—1223),导致安茹帝国(Angevin Empire, 1154—1216)消亡,造成法兰西卡佩王朝(Capetian Dynasty)于13世纪崛起,使王国在欧洲大陆的领地丧失殆尽,赚得"无地王"之诨名。

安茹帝国指英格兰的安茹国王(Angevin Kings of England)12世纪至13世纪时所拥有的英格兰和法兰西的领地,是早期

---

① 下文中关于英国历史的论述,参见 Frank Barlow, *The Feudal Kingdom of England, 1042—1216*, Longmans, 1988.

复合君主制(composite monarchy)的一个典型例子。第一位君主是诺曼底公爵亨利二世(Henry Ⅱ, 1133—1189)，他从母亲那儿继承了英格兰王位和诺曼底公国，从父亲那儿继承了欧洲大陆的安茹伯爵领地，又因娶了法兰克国王(King of the Franks)路易七世(Louis Ⅶ, 1120—1180)的前妻"阿基坦的埃莉诺公爵夫人"(Duchess Eleanor of Aquitaine, 1122？—1204)，遂又获得其在欧洲大陆的公国领地。第二任君主是狮心王理查一世(Richard Ⅰ, 1157—1199)。安茹帝国鼎盛时期，所拥有的布列塔尼(Brittany)、安茹(Anjou)、阿基坦(Aquitaine)和诺曼底(Normandy)领地的总面积，超过东面的法兰西王国。到约翰王去世，这些领地全都被腓力二世收入囊中。遥想约翰少年时，亨利二世在尚未让他继承任何一块欧洲大陆领地时，曾开玩笑昵称他为"无地约翰"(John Lackland)，竟一下子注定了约翰未来将"无地"的终极命运。

约翰是亨利二世与埃莉诺所生五个儿子中的幼子，最初并无继承大量土地之寄望。随着几个哥哥在1173年至1174年间发动的叛乱失败，约翰独为父王宠信。1177年，被任命为爱尔兰勋爵(Lord of Ireland)，拥有部分不列颠岛及在欧洲大陆的一些领地。

大哥威廉(William, 1153—1156)三岁夭折，二哥亨利(Henry, 1155—1183)、四哥杰弗里(Geoffrey, 1158—1186)都在年轻时过世。1186年，杰弗里在一次比武竞赛中死于非命，留下一个遗腹子"布列塔尼的亚瑟"(Arthur of Brittany, 1187—1203)。杰弗里之死使约翰离王位更近了一步。因此，当约翰唯一在世的三哥狮心王理查于 1189 年加冕国王时，身为小弟，他成了一个潜在的继承人。尽管约翰在哥哥理查参与第三次"十字军东征"(1189—1192)被囚禁神圣罗马帝国期间，曾受腓力二世唆使，起兵谋反，试图夺取王权。但获释后返回英格兰重获王权的理查，宽恕了弟弟，并最终在临死前一年指定他为王位继承人。

1199 年 4 月 6 日，三哥理查亡故，随后，约翰与四哥杰弗里之子"布列塔尼的年轻亚瑟"(即莎剧《约翰王》中约翰王的侄子"年轻的亚瑟")围绕安茹帝国王位继承权，爆发冲突。虽说理查生前指定约翰为英格兰王位继承人，却并未同时确认约翰继承安茹帝国王位。

在多数英国人和诺曼贵族的支持下，且依靠母后埃莉诺，1199 年 5 月 25 日，约翰在威斯敏斯特教堂由坎特伯雷大主教休伯特·沃尔特(Hubert Walter, 1160—1205)加冕，成为国王约翰。

此时，亚瑟在布列塔尼、缅因(Maine)和安茹贵族的支持下起兵，沿卢瓦尔河谷向昂热(Angers)进兵，为配合亚瑟，腓力二世的军队沿河谷挥师图尔(Tours)，金雀花王朝在欧洲大陆的领地面临一分为二的危险。加冕两周之后，约翰王前往欧洲大陆。此时，诺曼底公国战事吃紧，安茹、缅因、都兰(Touraine)都遭到法兰西和布列塔尼联军的进攻，诺曼底公国与阿基坦公国相连地区危在旦夕。后来，战局逆转，迫使亚瑟和母亲康丝坦斯向约翰王投降。但这对母子担心约翰王加害，趁着夜色投奔腓力二世。

1200 年，得到神圣罗马帝国皇帝奥托四世(Otto Ⅳ, 1175—1218)和教皇英诺森三世(Innocent Ⅲ, 1161—1216)支持的约翰王，与支持亚瑟的腓力二世，达成《勒古莱条约》(*Treaty of Le*

Goulet)，握手言和。表面看，腓力二世承认约翰对欧洲大陆的安茹帝国领土、诺曼底公国和阿基坦公国拥有统治权，但条约明显对法兰西有利，因为它奠定了英格兰国王对法兰西国王的依附关系。除此之外，约翰王还将许多用来防御的城堡拱手相送。眼见英格兰向法兰西如此妥协，批评约翰王的人送他一个"软剑王"（King of soft sword）的绰号。

1202 年春，腓力二世集结大军，准备向约翰王开战。理由是依据《勒古莱条约》，约翰王作为法兰西国王的封臣，须交出其在欧洲大陆的领地。同时，腓力二世引荐与约翰王有夺亲之恨的骑士吕西尼昂（Lusignan）与亚瑟结盟。两年前，约翰王劫持了吕西尼昂十二岁的新娘，霸占为妻，激怒了吕西尼昂家族。为将约翰王赶出欧洲大陆，腓力二世封十六岁的亚瑟为骑士，将幼女玛丽（Marie）许配给他，承认他为布列塔尼公爵、阿基坦公爵、安茹伯爵和缅因伯爵，随后派亚瑟和吕西尼昂率军攻打安茹领地。7 月 29 日，亚瑟率两百五十多名骑士来到米雷博（Mirebeau）城堡城墙下，力图将七十八岁高龄、已从隐居修养中逃往此地的祖母埃莉诺抓为人质，向叔叔约翰王挑战。此时，正在诺曼底布防的约翰王，接到母亲埃莉诺出逃途中写来的求援信，迅速在勒芒（Le Mans）集结一支部队，急行军，于 7 月 31 日晚抵达米雷博。这便是莎剧《约翰王》第二幕第一场腓力国王在昂热城墙前所说的情形："没想到英军这次远征如此迅疾！"

约翰王的大军迟来一步，米雷博已落入亚瑟之手。8 月 1 日拂晓，约翰王的军队发起突袭，一举攻入城堡，不仅救出埃莉诺王后，并将亚瑟、吕西尼昂兄弟及两百余名高贵的骑士生擒。亚瑟被关进诺曼底法莱斯(Falaise)城堡监狱。身为囚徒,亚瑟并不惊慌,以为叔叔不敢把他怎么样。出乎约翰王意料的是,虽打了胜仗,但囚禁亚瑟令他很快失去几位重要盟友。他更没想到,这几位盟友居然合兵一处,联手反攻昂热。安茹危在旦夕。同时,阿基坦公国内部叛乱。迫于压力,1203 年春,约翰王释放了吕西尼昂兄弟。随即,重获自由的吕西尼昂兄弟再次向约翰王开战,加上腓力二世的大军,约翰王溃不成军,相继失去了布列塔尼、安茹、缅因、都兰和诺曼底的几乎全部领地。

值得一提的是,1203 年初, 约翰王曾密令英格兰首席政法官休伯特·德·伯格(Hubert de Burgh, 1170—1243)弄瞎亚瑟的双眼,并将他阉割。亚瑟苦苦哀求,休伯特不忍下手,但为了向国王复命交差,便放出话,说亚瑟已死,不想却惹怒了布列塔尼民众,民众发誓要为少主报仇。休伯特赶紧改口,透露消息说,亚瑟还活在人世。但民众的复仇怒火已成燎原之势。

此情此景,在莎剧《约翰王》第四幕第一场得到戏剧化的展现,莎士比亚把亚瑟向休伯特苦苦哀求的那两大段独白,写得催人泪下:"您忍心?有一次您头疼,我把我的手帕系在您额头上,——那是我最好的手帕,一位公主为我绣的。——我没再往回要。夜里,我手捧您的头,像不眠的时钟,从分钟到小时,不停振作着缓慢移动的时间,不时问您:'想要什么?身上哪儿难受?'或是问:'怎么做才能表达我高贵的爱意?'多少穷人家的儿子情愿倒头安睡,绝不会有谁对您说一句体己的话。而您却有一位王子照顾病体。不, 也许您把我的爱想成虚妄之爱, 称它狡诈。——您愿怎么想,随便吧。倘若上天乐意见您作践我,您也非如此不可。——您要把我眼睛弄瞎？我这双眼睛从不曾对您皱过眉头，今后也不会。"休伯特不依不饶，执意说："我已立下誓言，必须用热烙铁烫瞎你双眼！"亚瑟继续动之以情："啊，只有铁器时代才干这样的事！就算那块铁烧得通红，一旦靠近这双眼，它也会啜饮我的泪水，在我无辜的泪水里把它炽热的愤怒熄灭。不，从今往后，只因它曾含着怒火要害我眼睛，它会生锈烂掉。您比锤炼过的铁还死硬吗？哪怕一位天使降临，告诉我休伯特要弄瞎我眼睛，我也不会信。——除非休伯特亲口说。"

眼见父兄以武力赢得、凭国力捍卫的安茹帝国在欧洲大陆的领地逐一沦丧，约翰王的情绪坏到极点。1203 年复活节前的星期四晚上，退守鲁昂(Rouen)的约翰王喝醉了酒，也许是借着酒力，也许是欲除掉亚瑟而后快的心魔作祟，他晃悠着身子走向关押亚瑟的牢房。他一路溃败，却不忘把这个年轻的囚徒带在身边。亚瑟是他的心病！极有可能，是约翰王亲手杀了亚瑟，并将尸体绑上大石头，沉入塞纳河。后来尸体被一名渔夫打捞上来，由一位修女按基督徒仪式秘密下葬。

或许莎士比亚不想把约翰王写得太坏，或许他只想图省事，临摹那部旧戏《约翰王朝》，不想节外生枝，在他笔下，亚瑟并非死于约翰王之手，而是在第四幕第三场，从关押他的城堡出逃时，站在高高的城墙上，横下一条心，独白："冒死逃生，在这儿等死，横竖都是死。"随后发出祈祷："上帝佑我！这石头硬似我叔叔的灵魂：/愿上天带走我灵魂，英格兰收我尸骨！"

尽管在此之前，早已风传亚瑟已死，但直到 1204 年，腓力二世才接受这个事实。亚瑟是他手里的王牌！每当约翰王打算谈判议和,腓力二世便明确告知:"必先交出亚瑟,否则永无宁日。"12月初,约翰王横渡英吉利海峡,撤回英格兰。1204年3月,坚固的盖拉德(Gaillard)城堡失守。约翰王在欧洲大陆的领地,只剩下母亲留给他的阿基坦公国。之所以如此,全在于阿基坦的贵族们甘愿效忠他的母亲。4月1日,这位"阿基坦的埃莉诺"在丰特弗洛(Fontevraud)修道院过世,享年八十岁。她被安葬在丰特弗洛教堂,长眠在丈夫亨利二世和儿子狮心王理查的身边。

失去了母亲这座靠山,约翰王六神无主,英军对腓力二世的抵抗也越来越弱。阿基坦的贵族们担心被剥夺财产,开始与腓力二世修好。8月,腓力二世相继攻占诺曼底、安茹,随后进入普瓦图(Poitou)——阿基坦的统治中心。至此,安茹帝国(或曰金雀花王朝)失去了在欧洲大陆的最后一块基石。

约翰王不甘心失败。1205年夏,约翰王准备兵分两路进攻法兰西,收复失地。其中一支舰队的指挥官是约翰王的异母弟弟、索尔斯伯里伯爵三世威廉·朗格斯佩 (William Longespee,1176—1226)。他是亨利二世的私生子,因其身材魁梧,手里使的剑超出常规尺寸,人称"长剑威廉"(long sword)。他应是莎剧《约翰王》中理查一世的私生子、约翰王的异母侄儿菲利普·福康布里奇的原型。

人算不如天算。约翰王虽集结起一支兵强马壮的大军,但政治格局已今非昔比,以前效忠他的大多数贵族,此时必须在他和腓力二世之间做出选择。有些领主做起了两面人,一面为保住公国的领地,表示效忠腓力二世,一面为保住在英格兰本岛的地产,又向约翰王称臣。结果,大部分贵族不愿为约翰王卖力,作战计划搁浅。1206 年 4 月，约翰王再次耗费大量钱财，组织起庞大的远征军，并亲临前线指挥。6 月，英军夺回了阿基坦公国的部分失地。随后，约翰王得到腓力二世备战的消息，因担心再次战败，选择退兵。10 月，约翰王与腓力二世签订议和条约。

此次出兵，约翰王并未讨得什么便宜。但为了长久对抗腓力二世，夺回父兄赢得的一切，约翰王必须募集足够的金钱，一方面维持军队，一方面还要贿赂欧洲大陆的盟友。唯一可行的办法是搜刮金钱，课以重税，连继承贵族头衔，也要向国王交钱。几年下来，约翰王拥有了比历任国王更多的财富，并将王室权力辐射到苏格兰、威尔士和爱尔兰。

在此期间，随着坎特伯雷大主教休伯特·沃尔特于 1205 年 7 月过世，围绕大主教继任人选，约翰王与罗马教皇英诺森三世的矛盾公开化了。约翰王相中了诺维奇主教约翰·德·格雷（John de Gray, ？—1214），而教皇中意的是罗马天主教会的英国红衣主教斯蒂芬·兰顿（Stephen Langton, 1150—1228）。1207 年 6 月，教皇在罗马将坎特伯雷大主教这一圣职授予兰顿。约翰王拒绝接受，致信教皇，发誓捍卫王权，并将禁止任何人从英国港口前往罗马。见教皇不予回复，约翰王遂将坎特伯雷所有修士驱逐出境，宣布兰顿为王室之敌，把整个坎特伯雷教区的财产霸为己有。

在莎剧《约翰王》第三幕第一场，莎士比亚借教皇使节潘杜尔夫主教之口，将约翰王拒绝兰顿一事，以一段独白表现出来："本人潘杜尔夫，美丽米兰城的红衣主教，奉教皇英诺森之命来此，现以他的名义郑重向你质询：你为何如此固执，抗拒教廷，抗拒圣母，并强行抵制当选的坎特伯雷大主教斯蒂芬·兰顿入主圣座？对此，我以罗马教皇的名义，向你质询。"约翰王当场拒绝，强硬表态："……我偏要独自一人，孤身与教皇作对，并把他的朋友视为我的敌人。"潘杜尔夫主教随即回应："以我的合法权力宣告，你将受到诅咒，并被开除教籍。"

1208 年 3 月，教皇叫停英格兰一切圣事。1209 年 11 月，教皇将约翰王开除教籍。

从 1208 年春直到 1213 年约翰王向罗马教廷做出让步为止，英格兰王国全境陷入宗教沉默，人们的日常宗教生活，除了婴儿洗礼、告解和临终涂油礼，一切都被禁止。教堂紧闭大门，教士们无所事事，婚礼在门廊举行，神父不再主持葬礼，死者葬在城镇的城墙之外或路边的壕沟里。

教皇英诺森三世本打算通过教会禁令使约翰王服软，不料约翰王借此横征暴敛，他先以国王的名义没收教会全部财产，继而动辄命教士们缴纳罚款，随后又把贪婪的手伸向犹太人。同时，他开始算计那些势力强大、家财殷实的贵族世家，以偿还王室债务的名义，命他们缴纳大笔金钱，否则罢官削爵，逼得一些有头有脸的显赫贵族无奈之下逃亡避难。

为铲除异己，确立威权，约翰王不忘招募军队对外用兵。1209 年，约翰王率军入侵苏格兰，迫使苏格兰国王"狮心威廉"（William the Lion, 1142—1214）签下屈辱的《诺勒姆条约》（*Treaty of Norham*）。1210 年，约翰王的大军进入爱尔兰境内平叛，短短两个来月时间，所向披靡，将敌对势力消灭殆尽。约翰王不惜大动干戈，意在以武力重申，爱尔兰王国之统治须遵照英格兰法律，爱尔兰人须按英格兰风俗习惯生活行事。1211 年，约翰王率两支大军侵入威尔士，打击威尔士的心脏地带，取得军事上的胜利，令位于北威尔士的圭那特(Gwynedd)诸侯国的国王卢埃林(Llywelyn，1173—1240)不得不暂时俯首称臣。

尽管约翰王打不赢法兰西腓力二世，出兵苏格兰、爱尔兰和威尔士，却未尝败绩，取得了先王们不曾有过的荣耀——令爱尔兰、苏格兰和威尔士三国人民对英格兰国王臣服听命。

约翰王对教会、贵族、臣民横征暴敛之狠毒，对敌人、异己惩罚手段之残忍，日渐激起民怨。1212 年，约克(York)郡一位能未卜先知的隐士"韦克菲尔德的彼得"(Peter of Wakefield)的预言开始在民间流传。彼得说，基督两次在约克镇，一次在庞弗雷特(Pomfret)镇，化身孩童，由一位神父抱在怀中，向他显灵，嘴里念叨着"太平，太平，太平"。彼得预言，国王将在下一个加冕周年纪念日，即 1213 年 5 月耶稣升天节那天退位，得更多上帝恩典之人将取而代之。约翰王闻听，先不以为然，随后细思极恐，立即命人将彼得逮捕，押至约翰王御前审问。约翰王命彼得解释，他是否会在那一天死去，或将如何失去王位。彼得回答："毫无疑问，那天一到，你就不是国王。若到时证明我说谎，听凭发落。"国王命人把彼得押送科夫(Corfe)城堡，关进大牢，等候验明预言。然而，彼得的预言迅速传遍英格兰。

在莎剧《约翰王》中，莎士比亚将这个彼得写成"庞弗雷特的彼得"(Peter of Pomfret)，并在第四幕第二场约翰王王宫一场戏中，以私生子福康布里奇向约翰王禀报时局的独白方式，道出预言之来由："但我一路走下来，发现百姓满脑子奇思怪想：听信谣言,充满愚蠢的幻梦,不知在怕什么,却满心惊恐。我从庞弗雷特街上带来一位先知,当时看,有好几百人都快踩到他脚后跟了。他给这些人吟唱粗俗刺耳的打油诗,预言陛下,将在下一个耶稣升天节当天正午之前,交出王冠。"约翰王当即质问彼得:"你这个痴人说梦的傻瓜,为何这样做?"彼得回复:"预知此事成真。"约翰王命休伯特:"把他带走:关进大牢。到他说我将交出王冠的那天正午,绞死他。"

绝了内患,发了横财的约翰王,决定再次挑战腓力二世。约翰王一点不傻,为全力对付法兰西,他必先与罗马教廷和解。签署条约之后,约翰王再次成为教皇的臣属,英格兰王国重新变成神权的领地。1213 年 5 月 30 日,索尔斯伯里伯爵率一支由五百艘舰船组成的英格兰舰队,从海上突袭达默(Damme),将停泊在港口内的约一千七百艘法兰西战船一举摧毁。这支瞬间毁灭的法兰西舰队,原本是腓力二世打算执行教皇废黜约翰王的判决,为从海上入侵英格兰准备的,谁料约翰王已与罗马先行和解。

达默海战胜利后,7 月 20 日,由教皇挑选委派的斯蒂芬·兰顿正式就任坎特伯雷大主教。约翰王答应向罗马教会缴纳巨额罚金,重新得到教皇的宠幸。入秋,约翰王准备兵分两路进攻腓力二世,夺回失地,一雪前耻,索尔斯伯里伯爵指挥一支军队,约翰王统领另一支军队。战役进展顺利,到 1214 年春,约翰王已相继夺回阿基坦的普瓦图、布列塔尼的南特(Nantes)和安茹的昂热。约翰王向世人展示,那个骁勇善战的金雀花勇士似乎又回来了。

然而,当决战即将在普瓦图和布列塔尼边界地区打响之际,腓力二世二十六岁的路易王太子率军杀到，加之普瓦图的贵族们拒绝与法兰西卡佩王朝为敌，约翰王功亏一篑，只好提前撤兵，等待下次战机。

7月27日，英法布汶战役（Battle of Bouvines）开始了。经过三个小时惨烈激战，由腓力二世指挥的、约由七千名将士组成的法军，击败了由神圣罗马帝国皇帝奥托四世和索尔斯伯里伯爵指挥的、约由九千名将士组成的联军，索尔斯伯里伯爵等几位英国贵族被俘，押回巴黎。

这次败仗使约翰王陷入绝境，不仅他此前所有的战争投入血本无归，还要再与腓力二世签订停战协定，支付巨额战争赔款。而对于腓力二世，布汶战役标志着长达十二年的"金雀花–卡佩王朝"战争结束，法兰西王室赢得了布列塔尼公国和诺曼底公国，并巩固其对安茹、缅因和都兰的主权。约翰王的好日子到头了！

在莎剧《约翰王》中，莎士比亚把历史做了极简化处理。第五幕第一场，约翰王先向罗马教皇的使节潘杜尔夫主教交出王冠，再由主教把王冠交回约翰王，象征从教皇那儿重新获得至尊王权。潘杜尔夫主教承诺："既然你已温顺皈依，我便用舌头使这场战争风暴安静下来，让你狂风暴雨的国土放晴转好。记好：耶稣升天节这天，你宣誓效忠教皇，我让法国人放下武器。"

事实上，约翰王并非没有头脑，在此之前，他的治国方略似乎颇有成效，他一面强化王权统治，一面向普通自由民灌输君权神授的思想，并给百姓带来实际好处，使百姓得以在法律的保护下捍卫个人财产。

然而，在反叛他的男爵们和教会眼里，他是一个暴君。当他发动的代价高昂、试图捍卫王国在法兰西领地的灾难性战争彻底失败后，为尽快筹钱恢复元气，他不顾一切地以税收及其他支付方式，向那些男爵和骑士们提出不公平和过分的要求，使他们的权力、利益受到极大削弱、侵害。同时，他干涉教会事务被视为进一步滥用王权。

终于，贵族们为私利讨回公道的机会来了。1215 年 5 月 5 日，从 1212 年起就密谋起兵的罗伯特·菲兹沃尔特(Robert Fitzwalter)挑头儿，联合一些贵族起兵造反，宣布与国王断绝关系，否认约翰王为英格兰国王，揭开国王与男爵们之间"第一次王爵之战"(First Baron's War)的序幕。

简言之，经过一个多月的交锋、争吵，男爵叛军终于迫使约翰王坐到温莎附近兰尼米德的谈判桌前。6 月 15 日之前，双方讨价还价，先签署了一份《男爵法案》(*The Articles of the Barons*)。6 月 18 日，国王极不情愿地同意了男爵们的要求，在双方达成的新协议上签字，此即著名的《大宪章》。次日，达到目的的贵族们宣誓效忠约翰王，他毕竟仍是合法国王。

《大宪章》签署后，抄写了约四十份副本，送至各地，由指定的王室成员及主教保存。

《大宪章》第六十一条对限制王权最为有力，规定由二十四名贵族和伦敦市长组成的"保障委员会"有权随时召开会议，其不仅具有否决王命之权力，还可使用武力占据国王的城堡及财产。换言之，假如国王违反宪章，贵族们有权向国王开战。可想而知，这对于约翰王不啻是一种侮辱。因此，当贵族们相继离开伦敦返回各自封地之后，约翰王立即宣布废除《大宪章》。很快，约翰王得到教皇支持，英诺森三世拒绝承认《大宪章》，痛斥其乃以武力威胁强加给国王的无耻条款，有损国王尊严。

实际上，《大宪章》的核心要旨在于保护特权精英的权利和财产不受侵犯。但它同时维护了教会自由，改进了司法体制，建立起君主统治须遵循的基本原则，即王权不能逾越法律，国王只是贵族"同等地位中的第一人"，无更多权力，每个人，包括国王在内，一定要公平待人。

顺便一提，2017 年 9 月 21 日，笔者前往索尔斯伯里大教堂，目睹了用鹅毛笔书写在动物皮上的《大宪章》原件。世上现仅存四份《大宪章》原件，这里所藏最为完好，其他三份，一份藏于林肯（Lincoln）城堡，归林肯大教堂所有，另两份藏于大英图书馆。

《大宪章》的签署不仅未能终止英格兰内部的"王爵战争"，而且法兰西的入侵已近在眼前。1215 年底，腓力二世援引此前曾对约翰王做出的一次"审判"，再次宣布他是害死"布列塔尼的亚瑟"的凶手，不再是英格兰国王。一旦受到英格兰叛乱贵族的邀请，腓力二世即可兴兵入侵，废黜暴君。

1216 年 5 月，由路易王太子统率的法兰西军队在肯特（Kent）郡海岸登陆。6 月 14 日，法军攻陷温切斯特（Winchester），随后进入伦敦。很快，英格兰王国一大半陷于敌手。7 月 19 日，法军开始围攻多佛（Dover）城堡。约翰王被迫四处流动作战，一面试图攻打被贵族叛军占领的城镇，一面尽力躲避与法军交战。10 月 14 日，约翰王的部队在途经位于林肯郡和诺福克（Norfolk）

郡之间的沃什(Wash)湾时，因对潮水判断失误，导致大部人马渡过后，剩余装载辎重和宝物的车马被回涌的潮水卷走。至今，此处地名仍叫"国王角"(King's Corner)，这亦引起后世传闻，称此处埋葬着约翰王的大笔宝藏。在莎剧《约翰王》中，莎士比亚移花接木，把这件发生在约翰王身上的历史真事，嫁接到剧中的私生子身上。第五幕第六场，私生子福康布里奇对休伯特说："今晚过那片沙洲时，我有一半人马被潮水卷走了。——林肯郡的沃什湾吞食了他们。我多亏骑了一匹高头大马，才逃过一劫。"

一路行军，约翰王染上痢疾，且病情渐重。10月18日，约翰王在诺丁汉(Nottingham)郡纽瓦克(Newark)城堡病逝，时年四十九岁，遗体葬于伍斯特(Worcester)大教堂圣沃尔夫斯坦(St. Wulfstan, 1008—1096)的祭坛前。1232年，教堂为约翰王制作了一具新石棺，上面的雕像栩栩如生。

或是出于保全英格兰一代君王之情面，莎剧《约翰王》对法兰西路易王太子领兵入侵英格兰，只通过私生子之口轻描淡写："肯特郡已全部投降。除了多佛城堡，无人坚守。伦敦接待法国王太子和他的军队，就像一位好客的主人。您的贵族们不愿听从您，一心投敌效忠；您的少数并不牢靠的朋友，一个个吓得心慌意乱，忐忑不安。"对英格兰内战"第一次王爵战争"，莎剧《约翰王》则只字未提。

第五幕第七场，全剧最后一场戏，临终前的约翰王在斯温斯特德修道院花园盼来了私生子，他满含凄凉地说："啊，侄儿！你是来叫我瞑目的。我心里的船索已崩裂、焚毁，维系我生命的所有缆绳已变成一根线，一根细细的头发丝；一根可怜的心弦撑着我的心,只为等你带来消息。然后,这一切在你眼前,顶多只是一块泥土,一具毁灭了的君王的模型。"私生子向他禀报战况:"法国王太子正领兵前来,我们如何迎战,只有上帝知晓。因为我正想连夜调集精兵,赢得先机,不料在沃什湾,部队毫无防备,全被突如其来的汹涌狂潮吞噬了。"话音刚落,约翰王死去。

在历史上,约翰王并非死在斯温斯特德修道院花园。此处,剧中原文虽为"Swinstead"(斯温斯特德),实际应为林肯郡的"Swineshead"(斯韦恩斯赫)。抵达斯韦恩斯赫第二天,约翰王被人用担架抬到新斯莱福德(New Sleaford)城堡,10 月 16 日,前往纽瓦克。

可见,莎士比亚写历史剧并不尊重史实。

三、约翰王:一个并非不想成就伟业的倒霉国王

1.舞台上的约翰王

梁实秋在所译《约翰王》的序中说:"《约翰王》在舞台上演时是相当成功的,不过在近代舞台很少上演,其主要原因是此剧在大体上是一出近于时事问题剧(a topical play),这是莎氏唯一的剧本触及当时的宗教问题以及英国君王与罗马教皇的冲突,在1590 年至 1610 年间有时候对观众有很大的号召力,但是时过境迁,我们到如今不可能再有那样亲切的感受。就文学的观点而论,此剧有急就之嫌,不能算是莎氏的精心之构。"[1]

---

[1] [英]威廉·莎士比亚:《莎士比亚全集》(第四集),梁实秋译,中国广播电视出版社,1995 年,第 5 页。

接下来,论及《约翰王》的舞台历史时,梁实秋先说,这部戏观看比阅读有趣得多,因为戏里有三个可以饰演得出色的男角儿(即约翰王、私生子和潘杜尔夫)和一个女角儿(即康丝坦斯),"有富于戏剧性的场面,有炫示布景与服装的机会"①,然后再次强调,该剧很少在舞台上演,主要原因在于它牵涉到英国一个最难处理的问题——宗教问题,而莎士比亚在戏里对英王与教皇之争的处理方法,一面暴露了教皇的高压手段,另一面也暴露出英王的丧权辱国,使该剧"在双方面都不便引为宣传之用"②。该剧在整个王政复辟时期(1660—1688)无上演记录。

不止如此,该剧的上演记录,在 1737 年 2 月 26 日于考文特花园(Covent Garden)剧场演出之前,一直是空白。1736 年,桂冠诗人科雷·西伯(Colley Cibber, 1671—1757)将莎剧《约翰王》改编为《约翰王朝期间的教皇专制》(*Papal Tyranny in the Reign of King John*),但这个本子直到 1745 年 2 月 15 日才在考文特花园剧场首演。按梁实秋所言,这个改编本旨在攻击罗马教廷,可以说,它恢复了作为莎剧《约翰王》重要素材来源之一的那部《约翰王朝》的原有色彩。"不仅情节改动很多,原有第一幕全部删除另写,全剧的文字也改动了,成为十足的政治剧。"③

尽管这不是莎士比亚的《约翰王》,但它在詹姆斯二世党人(The Jacobites)第二次叛乱前夕上演,正好迎合了新教民众敌视罗马教廷的情绪,颇受欢迎。顺便一提,在 1688 年至 1746 年间,

---

①②③ 威廉·莎士比亚:《莎士比亚全集》(第四集),梁实秋译,中国广播电视出版社,1995 年,第 8 页。

多信奉旧教（罗马天主教）、意在复辟斯图亚特王朝（House of Stuart, 1603—1714）的詹姆斯二世党人，曾策动五次叛乱。

不过，由此一来，改编本反倒刺激了莎剧原作的上演。在西柏的改编本上演五天之后，由那个时代莎剧著名演员大卫·加里克（David Garrick, 1717—1779）主演的《约翰王》在伦敦居瑞巷（Drury Lane）剧院上演，加里克饰演约翰王，西伯夫人（Ms. Cibber）饰演康丝坦斯。资料显示，西伯夫人饰演的康丝坦斯因言语间透出一种"非比寻常的感伤的热情"，成为该剧的主要看点，加里克饰演的约翰王则不大令人满意。

此后，随着莎剧《约翰王》不断上演，该剧的舞台地位得以确立。到20世纪20年代为止，有以下三场堪称经典的演出载入史册：

（1）1783年12月10日，由约翰·菲利普·肯布尔（John Philip Kemble, 1757—1823）主演的《约翰王》在居瑞巷剧院演出，剧中康丝坦斯夫人这一角色由被誉为18世纪最杰出女演员的萨拉·西登斯（Sarah Siddons, 1755—1831）扮演。西登斯夫人演绎的康丝坦斯被视为其舞台生涯中塑造最好的一个人物形象，足以和她成功饰演的麦克白夫人相媲美。后世莎学家一提及《约翰王》便不禁对西登斯饰演的康丝坦斯赞誉有加，由此可知，这个舞台上的康丝坦斯夫人无疑是划时代的。

（2）《约翰王》舞台史上最著名场次的演出从1823年11月24日拉开帷幕，演出多场，其中由约翰·菲利普·肯布尔的弟弟查尔斯·菲利普·肯布尔（Charles Philip Kemble, 1775—1854）饰演的私生子福康布里奇令人难忘，据12月30日《贝尔每周通讯》（*Bell's Weekly Messenger*）刊发的一篇观众的文章载："查尔斯·

肯布尔饰演的私生子福康布里奇十分出色，达到了他演艺生涯的巅峰，他的演出服装尤为美丽而形象。"这次演出，剧中所有演员的服装都按剧情发生年代量身定制。

(3)堪称《约翰王》艺术水准之高峰的演出，是 1852 年 2 月 9 日查尔斯·基恩 (Charles Kean, 1811—1868) 在公主剧院 (Princess's Theatre)的演出。这次演出，不仅舞台布景和演员服装均按剧情发生年代的式样设计，而且进一步奠定了该戏的演出传统，即私生子须由明星演员扮演，亚瑟这个角色则由女演员扮演。

简言之，从《约翰王》最初时期的舞台演出不难发现，贯穿全剧的第一主角常在约翰王和私生子之间变换不定，同时，最吸引人的两个角色是私生子和康丝坦斯夫人。之所以如此，理由只有一个，莎士比亚写的是戏，剧团演的也是戏。在遥远的伊丽莎白时代，一个编剧(如莎士比亚)、一个剧团(莎士比亚先后所属的内务大臣剧团和国王剧团)，写出观众爱看且又能挣钱的戏，便是最大的商业成功，所谓艺术成功在那个时候并不重要。因此，说莎士比亚为钱写戏，并非不敬的贬低之语。

2.戏文里的约翰王

倘若一个读者对英国历史上的约翰王一无所知，他是幸运的。因为那个历史上真实的约翰王，远比莎剧里的这个约翰王更具有戏剧性。换言之，莎士比亚并没把戏里的约翰王写鲜活，仅就剧中人物的角色分量和出彩程度而论，私生子和康丝坦斯夫人这两个形象，均在约翰王之上。诚然，这在莎士比亚历史剧中属于常态，不足为怪，以他的"四大历史剧"为例，《理查二世》剧

中最亮眼的形象是布林布鲁克（未来的亨利四世,Henry Ⅳ,
1367—1413）,《亨利四世》剧中最出彩的角色是哈尔王子(未来
的亨利五世,Henry Ⅴ, 1387—1422)和那个大胖子爵士福斯塔夫,
只有《亨利五世》剧中的亨利五世才是同名剧里当仁不让的第一
主人公。

俗话说,胜者王侯败者贼。就个人和历史机遇而言,比约翰
王晚二百二十年出生的亨利五世是幸运的,他生逢其时,远征法
兰西,赢得阿金库尔(Agincourt)大捷,成为中世纪英格兰伟大的
国王战士;而约翰王这位老前辈国王,则实在不幸,活该倒霉,将
父、兄靠武力赢得的法兰西领地丧失殆尽,成为货真价实的"无
地王",更被后世认为是英国历史上最糟糕、最武断、最贪婪、最
昏庸的一位国王。

事实上, 或许并非莎士比亚为了给他戏文里的这位约翰王
留情,才没把他写成一个上述盖棺论定的"四最"国王。莎士比亚
似乎只想按可能出自乔治·皮尔之手的《约翰王朝》那部旧戏,照
猫画虎,赶紧写完剧本交差,根本没打算把后人眼里令约翰王蒙
羞丢脸被迫签署《大宪章》一事写进戏里。

在莎剧《约翰王》中,前三幕强势的约翰王和后两幕回天无
力的约翰王,判若两人。而随着约翰王的王权日渐式微,私生子
的权势日益走强,直到最后,私生子几乎在以一己之力独自苦撑
着摇摇欲坠的英格兰王国。显然,这是莎士比亚有意为之,从整
个戏剧结构和效果来看,全剧的核心便在于,随着约翰王一步步
趋弱,私生子一点点趋强。第一幕第一场,约翰王对第一次进宫
时还只是"一个绅士"的私生子说:"你长得那么像他,从此就用

他的名字。你跪下是菲利普,起身之后更高贵。起来,理查爵士,普朗塔热内是你的姓氏。"在此之后,随着剧情发展,约翰王在剧中的耀眼戏份逐渐被这位狮心王理查一世的私生子夺了去。对比来看,私生子在剧终时说的最后一句台词是:"只要英格兰对自己忠心不贰,/ 没任何东西让我们为之伤悲。"这显然是莎士比亚为私生子量身打造,如此前后呼应,一方面为了写明私生子对英格兰王国和即将继位的亨利三世的绝对忠诚。另一方面,意在给那些将为亨利三世效命的贵族们确立必须遵循的准则,即以私生子为楷模,不能心存二心,分裂英格兰。在戏里,私生子最终捍卫了"普朗塔热内"这个姓氏的荣耀,在戏外,贵族们誓言对国王"忠心不贰"正是当朝女王伊丽莎白一世求之不得的。莎士比亚用心良苦。

或许可以这样替莎士比亚辩白,即从戏剧结构来看,他之所以把约翰王这个形象在前三幕写得头重,后两幕写得脚轻,为的是在后两幕把私生子的戏份加重,以此来达到结构的整体平衡。

又或许在这个前提下可以更进一步辩称,约翰王的形象塑造还是相对成功的。第一幕第一场,法兰西王国使臣夏迪龙代表腓力国王,以亚瑟的名义当面向约翰王索要英格兰王位继承权及王国领地,并发出威胁,若不答应,"那便是一场可怕的血战,用武力强制夺回这些被武力夺走的权利"。约翰王断然回答:"那我这儿便以战还战,以血还血,以强制对强制:就这样回复法兰西国王。"不仅如此,他还对夏迪龙说:"把我的挑战带给他,你平安地去吧:愿你在法兰西国王眼里犹如闪电,因为不等你回禀,我已到达,你们就会听见我大炮的轰鸣:好了,去吧! 去做我的愤怒的号角，做你们自己覆灭的沮丧的预兆。"果然，第二幕第一场，当腓力国王刚刚率法军兵临昂热，便接到快马赶来的夏迪龙禀告军情："他的部队正向此城急行军，兵强马壮，士气昂扬。……从没一支天不怕地不怕的舰队，比眼下这批英国战船更威风地乘着涨潮的海浪，前来冒犯、危害信奉基督教的国家。"腓力国王闻听，大惊失色。

这是一个多么能征善战的国王！

英军杀到昂热城下，约翰王立刻向腓力国王亮明底线："倘若法兰西国王和平地允许我合法继承世袭领地，愿法兰西安享和平；如若不然，让法兰西流血，让和平升至上天。眼下，我乃上帝愤怒的代表，谁敢倨傲蔑视，把上帝的和平赶回天国，我就惩罚谁。"腓力国王不甘示弱，手指亚瑟，痛斥约翰王为篡位之君。

腓力国王	……英格兰王权当由杰弗里继承，而他正是杰弗里的继承人：那么，我以上帝的名义问你，他理应拥有被你夺去的王冠，而此时，他鲜活的血液正在他圣殿里流淌，你凭什么称王？
约翰王	法兰西国王，谁给了你这一伟大的担保，让我回答你的指控？
腓力国王	是天堂里那位审判者，他在任何一个强权者心里激起善念，要他们调查对正义的玷污：那位审判者要我做这个孩子的监护人，授权我控告你的罪恶，而且，有他相助，我要对此进行严惩。

......

腓力国王　　女人和傻瓜，别吵嘴了。约翰国王，这是全部
　　　　　　要求：我以亚瑟的名义，向你索要英格兰、爱
　　　　　　尔兰、安茹、都兰、缅因，你愿不愿交出它们，
　　　　　　放下武器？

约翰王　　　我誓死不交。——法兰西国王，我向你挑战。

这是一个多么叱咤风云的国王！

第三幕第一场，面对罗马教皇使节潘杜尔夫主教的严词质询，约翰王表现出硬汉的阳刚之气："尘间谁能以质询之名，考验一位神圣国王的自由表达？红衣主教，你可不能编一个像教皇那样的，如此微不足道、滑稽可笑的名义出来，命我回答质询。把这意思转告他，再加一句英格兰国王的亲口话，——凡意大利神父不得在我领土内征税。天神之下，我至高无上，因此，我乃天神之下的最高权威，我统治之地，我一人做主，不用凡人插手。把我原话告诉教皇，我对教皇本人及其篡夺的权威毫无敬意。"

这是一个多么豪横强硬的国王！

面对腓力国王指责他对教皇不敬，他立即反击："尽管你和基督教王国的所有国王，任由这多管闲事儿的神父如此愚弄操控，害怕那道交了钱就能免除的诅咒；尽管你们想凭着下贱的黄金、废渣、垃圾，从一凡人之手买走堕落的宽恕，其实那只是一个凡人把他自己的宽恕卖了；尽管你和所有其他人甘受愚弄操控，以税收滋养这骗人的巫术，但我偏要独自一人，孤身与教皇作对，并把他的朋友视为我的敌人。"

这是一个多么血性豪勇的国王！

然而，当昂热城民眼见英法双方接受私生子的提议，欲暂时休兵，联手攻打昂热，毁掉昂热之后再行决战的时候，为化解城池毁灭之危，急中生智，提议让法国路易王太子与约翰王的外甥女布兰奇公主结婚。约翰王为兵不血刃便能保住王国在法兰西的领地，立刻表示赞同，向路易王太子和腓力国王开出结亲的条件："我把福克森、都兰、缅因、普瓦捷和安茹这五个省，连她一块儿送给你；另加三万马克英币。——法兰西的腓力，你若对此满意，命你儿子和儿媳牵手。"

这是一个私利之下变化无常、自相矛盾的国王！为求私利，他可以翻手为云，向法兰西开战；为保私利，他也不在乎覆手为雨，转瞬又同敌国议和。

及至第五幕第一场，当潘杜尔夫主教从约翰王手里接过王冠，然后，一边把王冠交回给约翰王，一边表示"从我手里拿回王冠，犹如从教皇那儿接过你的至尊王权"时，约翰王马上迫不及待地回应："现在遵守你神圣的诺言：去见那些法国人，以他所享有的全部神力，在大火吞噬我们之前，阻止他们前进。我那些心怀不满的贵族们反了，我的臣民不愿服从，他们向外族人、向外国的君王发誓效忠，献上最深切的爱。这股愤怒的洪流，唯有靠你来平息。那别再耽搁：当前形势危急，必须立刻下药救治，否则，无药可救，引发肌体崩溃。"

这是一个私利面前屈尊服软、自我打脸的国王！为王国免遭法兰西入侵，更怕失去手里的王权，曾几何时那个"对教皇本人及其篡夺的权威毫无敬意""偏要独自一人，孤身与教皇作对"的约翰王,转眼变成一个听命于教皇的顺王。

由此，莎士比亚早在第二幕结尾时为私生子定制的下面这段精彩台词,堪称全剧的结构之眼、精神之魂,以及私生子本人的性格之根:"疯狂的世界,疯狂的国王,疯狂的妥协!约翰,为阻止亚瑟索要整个王国,情愿放弃一部分领地;法兰西国王,——良心为他扣紧盔甲,虔诚和慈悲把他作为上帝的战士带到战场,——可他竟听信那个唆使之人的耳语改了主意,那个狡猾的魔鬼;那个总撺掇人敲碎忠诚脑壳的媒人;那个天天打破誓言的家伙;他能打赢所有人:无论国王、乞丐,还是老人、青年、少女,——可怜的少女被他骗得输掉一切,除了'处女'这两个字,空无一物;那个貌似可信的绅士,便是挠得人心发痒的'私利'。——'私利'是填在世界这个滚球中心的重物;这世界原本滚得很均衡,路平,它笔直向前,等一有这个'私利',这个引人邪恶的重物,这个动向的引导力,这个'私利',就使它叛离了所有的平等公正,偏离了一切方向、计划、步骤、意图:正是这个重物,这个'私利',这个老鸨,这个掮客,这个改变一切的词语,盯牢了变化无常的法兰西国王的球眼,拉他背离了决心救援的初衷,把一场坚决而荣耀的战争变成一场最卑贱的、以邪恶收场的和平。"

这段台词,使《约翰王》颇具当下的现代感。或正因为此,美国学者乔治·皮尔斯·巴克(George Pierce Baker, 1866—1935)在其《莎士比亚作为戏剧家的贡献》(*The Development of Shakespeare as a Dramatist*)一书中指出:"莎士比亚《约翰王》的戏剧技巧是成功的,但仍有一些老毛病。约翰是个怯懦之人,引不起我们更深切的同情,他的死也不怎么打动人心。假如开头几场把他写成气质非凡之人，情况则远非如此。福康布里奇无疑是全剧核心。把莎剧《约翰王》同那部早期戏剧比较过的读者都知道，福康布里奇这个人物是莎士比亚从《约翰王朝》和霍林斯赫德《编年史》这些模糊不定的材料中提取的。但福康布里奇这个形象塑造得使人印象深刻，不单在于他有勇气、机智、随机应变，还在于他唤起了我们的同情和喜爱。该剧喜剧性因素的发展尤其值得注意。……《约翰王》不同，福康布里奇几乎出现在所有主要场景中，且都是作为主要人物，对他本人的描写也是喜剧性的。……从《约翰王》中亚瑟和休伯特那场戏还可见莎士比亚的创作日趋成熟。"①

的确，从舞台表演角度，《约翰王》之所以好看，主要归功于私生子亦谐（前三幕）亦庄（后两幕）的喜剧性戏份。其实，私生子开场不久一亮相，便自带幽默滑稽的喜剧色彩。进入王宫，面对国王询问，私生子自报家门。

私生子　　我是您忠诚的臣民，一名绅士，北安普顿郡生人，照我想，是老罗伯特·福康布里奇的长子，他是一名战士，由狮心王亲赏荣耀，在战场上受封为骑士。

约翰王　　（向罗伯特。）你是干什么的？

罗伯特　　我是那同一位福康布里奇的儿子和继承人。

约翰王　　那个是长子，你是继承人？这么说，看来你俩不

---

① 参见张泗洋主编：《莎士比亚大辞典》，商务印书馆，2001 年，第 752 页。

是一母所生。

私生子　　一母所生,千真万确,高贵的国王,这谁都知道,而且,依我看,也是同一个父亲:不过,要弄清这事儿的真相,您得直接去问上天,问我母亲:这事儿我觉得有蹊跷,谁家子女都会疑心。

埃莉诺　　该诅咒的,你真粗鲁! 你这样猜疑,羞辱了你的母亲,败坏了她的名誉。

私生子　　我吗,夫人?不,我对此没理由猜疑。那是我弟弟的陈诉,不是我的。他若能证明这一点,就会夺去我至少每年足足五百镑的收入：愿上天守护我母亲的名誉和我的土地!

埃莉诺王后难以抑制内心的兴奋,她从这位菲利普·福康布里奇的"神情""口音""身形"断定,他是狮心王的私生子,自己的亲孙子。于是,她急切发问:"你到底想选哪个:像你弟弟一样,做福康布里奇家的人,享有你的土地,还是做狮心王为人公认的儿子,只是自己的主人,寸土没有?"私生子满不在乎地回答:"夫人,若我弟弟长得像我,我长得像他,像他那样长得像罗伯特爵士;若我的两条腿细如马鞭,双臂像鳗鱼皮里塞满东西,脸瘦得不敢在耳根夹玫瑰花,怕到时有人说:'瞧,路上走着一枚三法寻的小钱儿! '若单凭这副身形便可继承全部土地,我情愿放弃每一寸土地,留着自己这张脸,绝不离开这儿:说什么我也不做诺布爵士。"

毋庸讳言,莎士比亚从作为受雇演员演戏的那一天起,就懂得一部戏只有人物鲜活才能卖出好票房，而运用夸张的语言和搞笑的表演是保证票房的不二法门。因此，莎士比亚要刻意打造私生子这个角色，在整个第二幕，他已把私生子描绘成独领风骚的人物。

面对奥地利大公，私生子开口便发出揶揄奚落、尖刻挖苦的挑衅："公爵，我是来跟你捣乱的，咱俩单打独斗，我准能把你和你的狮子皮全逮住。你就是俗语里说的那只兔子，勇气大得敢扯死狮子的胡子。别让我逮着你，逮着我就把你皮袍子打冒烟。小子，当心点儿：以信仰起誓，我会的，以信仰起誓。"

面对英法两位国王约翰和腓力在昂热城民的挑动下，各率王军厮杀鏖战难分胜负，私生子看穿了昂热城民的把戏，故意以玩世不恭的口吻规劝二位国王："以上天起誓，二位国王，昂热的这些恶棍在耍你们。他们安然站在城垛上，像在剧场里，对你们独创的场景和决战表演，咧着嘴，品头论足。不如二位国王听我劝：像耶路撒冷两个对立教派一样，暂时讲和，两军联手，对这座城发起最凌厉的凶猛进攻。叫英法两军在东西两侧架起填满火药的大炮，直到那骇人的喧嚣，吵闹着轰毁这座傲慢城池坚硬的围墙：我要一刻不停地炮击这些贱货，一直打到墙塌城毁，叫他们像常见的空气一样裸露在外。攻下城池，你们再把联军分开，混合的军旗各归本部：掉转身，面对面，血腥的剑尖对剑尖，转瞬之间，命运女神就会选好一方做她幸运的恩宠，把胜利给她偏袒的一方，以一场辉煌的胜利亲吻他。二位强大的君王，对我这放肆的提议，以为如何？它没点儿计谋的味道吗？"

及至第三幕,在教皇使节潘杜尔夫主教的挑唆下,英法再度交战,英军大获全胜,私生子杀死奥地利大公,替生父狮心王复仇雪恨(这只是莎士比亚篡改历史的戏说),腓力国王手里的王牌、拥有英格兰王位继承权的亚瑟被俘。剧情发展到第三场,约翰王授意休伯特杀死亚瑟,堪称他身为国王的命运拐点,也是整个戏剧冲突的转折点。

到了第四幕第二场,虽说约翰王"再度加冕",但面对索尔斯伯里、彭布罗克等贵族因怀疑他谋杀了亚瑟而背叛;面对路易王太子来势汹汹入侵英格兰的法兰西大军;面对民间由亚瑟之死开始盛传他"将在下一个耶稣升天节当天正午之前,交出王冠"的流言;面对休伯特为自证清白当面拿出他欲置亚瑟于死地的"签名、盖章的手谕"之时,他只剩下了一个国王的尊号:"不,在这具血肉之躯、王国的缩影里,在这王国之内,在这片有血、有呼吸的领土,我的良心在与我的侄儿之死交战,王权陷入内乱。"恰在此情此景之下,私生子开始成为影子国王。

除了私生子这个角色,使《约翰王》这部戏还算差强人意,饱受冤屈、歇斯底里、拼命一搏的康丝坦斯夫人,老谋深算、左右逢源、挑拨离间的潘杜尔夫主教,这两个可圈可点的形象功不可没。前者为能让儿子亚瑟继承英格兰王位,发疯一般,不惜"叫这两个背弃誓言的国王兵戎相见"!后者则为能使英格兰臣服于罗马教廷,竟怂恿路易王太子起兵进攻英格兰,"可以凭你妻子布兰奇公主的权利,像亚瑟一样,索要全部权利"。正如英国19世纪著名批评家威廉·哈兹里特 (William Hazlitt, 1778—1830)在

其《莎士比亚戏剧中的人物》(*Characters of Shakespeare's Plays*)①
一书中的《约翰王》专章所分析的："约翰王的奸险，亚瑟的自杀，
康丝坦斯的不幸，这些都是史实，它们像一个铅块似的压在我们
心上，增加了我们的痛苦。有个声音悄悄告诉我们，我们没有权
利嘲笑这类不幸事件，也不该将这些实际发生的事当成我们的
玩偶。这样的看法也许有点儿怪，可我们还是认为，剧本情节中
的史实越为人知，对悲剧之庄严和快感的产生越为不利。"

　　在哈兹里特眼里："《约翰王》语言优美，想象丰富，足以消解
戏剧主题带给我们的痛苦。对约翰王性格的描绘只有淡淡几笔，
且主要在背景中体现。他并未主动寻求犯罪，是形势和机遇强迫
并诱使他犯下罪孽。剧中的约翰王被刻画成一个胆怯超过残忍，
可鄙超过可憎的人。剧本只反映出他的部分经历，却足以比其他
舞台角色更能引起人们的厌恶。他没有一种崇高精神或坚强性
格，可用来抵挡其行为所引起的愤怒，只能任凭人们对他进行最
坏的设想和评价。不仅如此，亚瑟，作为他施加卑鄙、残忍的对
象，又是一副弱者形象，那么美好、无助，加之失望的康丝坦斯撕
心裂肺的恳求，使之在人们心目中的形象变得更糟糕。亚瑟之死
让我们无法原谅他，因为在他收回成命，试图阻止不幸发生时，
一切为时已晚，或因他对自己的罪恶企图表示后悔，反倒使我们
的是非感大为增加，从而更痛恨他。他的话使我们深信，他的想
法一定十分丑恶，连他本人也为此感到害怕。约翰王暗示休伯特

---

　　① 下文中哈兹里特的相关论述，皆引自[英]威廉·哈兹里特：《莎士比亚戏剧中
的人物》，顾钧译，华东师范大学出版社，2009年。文字稍有修改，其中所引莎剧译文
均为笔者新译。

去暗杀自己的侄子这场戏极富戏剧性，但比起亚瑟听到休伯特命人烫瞎他双眼那场戏逊色许多。假如有什么作品能打动人心，里面交织着极大的恐惧和同情，那么震撼心灵，又那么抚慰人心，就是这场戏。"哈兹里特对休伯特要烫瞎亚瑟眼睛这场戏情有独钟，行文至此，竟禁不住把第四幕第一场做了整场引述。

在此之后，哈兹里特继续分析："原本十分温柔的康丝坦斯，因朋友们的反复无常和命运的不公变得不顾一切，并在丧失各种意志力之后越发陷入绝境。康丝坦斯的精神状态在剧作中得到最佳展现。她对腓力国王义正辞严的答复(她在拒绝腓力国王派来的使者一同前往去见议和双方的时候说：'让两位国王来见我，来见见伟大悲伤的样子。')，她对奥地利大公的愤怒指责，她对'悲苦的情人'——死神的召唤，虽说这些都精彩动人，但跟她对红衣主教说的那段话一比，都要逊色，在这段话中，她已把愤怒化作一股柔情。

康丝坦斯	……红衣主教神父，我听你说过，我们将在天堂里见到并认出亲朋好友。倘若那是真的，我将再次见到我的孩子；因为自打第一个男孩该隐落生，直到昨天才有了第一次呼吸的婴儿，从不曾有哪个孩子如此充满神的恩典。但眼下，悲愁这条害虫要噬咬我的蓓蕾，把他面颊上天生的俊秀赶走，使他看起来像一个空心儿

	的幽灵，面容苍白憔悴得像发了疟疾；他将那样死去，再这样升入天堂，等我在天庭遇见他时，就认不出他了。因此，永远、永远，我再也见不到俊美的亚瑟。
潘杜尔夫主教	悲愁在你眼里过于可怕了。
康丝坦斯	没儿子的人，才跟我说这种话。
腓力国王	你像溺爱儿子一样溺爱悲愁。
康丝坦斯	若悲愁能填补我没了儿子的空缺：睡在他的床上，和我一起走来走去，装出他可爱的模样，重复他说过的话，令我想起他身上一切可爱之处，以他的形体把他空落落的衣裳填满；那我就有理由溺爱悲愁。……

在此，哈兹里特以莎士比亚另一部历史剧《亨利八世》中的凯瑟琳王后与康丝坦斯做比照："凯瑟琳王后面对亨利八世的不公正待遇时表现出的温和、顺从，与康丝坦斯为儿子失去王位时表现出的强烈和难以抑制的痛苦，形成鲜明对照，莎士比亚的描写则使这两个美好人物原本就有的差异变得更为凸显。"

显然，哈兹里特对私生子这个角色是《约翰王》最成功的形象并无异议："私生子菲利普这个滑稽角色的出现使原本剧烈的痛苦大为减弱，对于该剧主角约翰王既冷酷又胆怯的行为，也是一个很好的调剂。菲利普极具热情，富有创造力，伶牙俐齿，行为鲁莽。本·琼森（Ben Jonson, 1572—1637）说莎士比亚总喜欢夸大其词,过分渲染。多亏本·琼森不是批准戏剧上演的官员,否则我们将为之遗憾。本·琼森艰涩、雕琢,莎士比亚则挥洒自如、大气磅礴,我们喜欢后者远超前者。本质上,私生子菲利普滑稽幽默的性格,与莎士比亚笔下其他滑稽人物的性格相比,并无二致,他们从不知疲倦,总不断搞出各种花样,他们不仅总爱冒险,且总能成功。他们富于机智,充满活力,说起话来随兴之所至。与其他人物不同,菲利普是一个军人,不仅口头勇敢,行动也很勇敢,他将机智带入行动,用口头上的玩笑增进行动的勇敢。这使得他的敌人必须同时应付他的锋利刀剑和尖酸嘲讽。他妙语连珠,其中最精彩之处莫过于他对自我的评价,对'挠得人心发痒的私利'的抨击,以及对杀死生父的奥地利大公的挖苦(开始闹着玩儿,后来当真)。他在昂热城的所作所为说明他的才能不只限于唇枪舌剑。在昂热,我们同样看到宫廷和利益集团的争斗,以及国王、贵族、神父和主教的权谋。"

最后,由哈兹里特所言,拿《约翰王》与《亨利五世》做个或许不恰当的比较,后者仅凭一个伟大的国王战士(亨利五世)独撑全剧,而前者只能靠一个英雄(狮心王)的私生子为一个倒霉的国王苦撑全局。换言之,从舞台表演来说,《亨利五世》是一个英雄国王的独角大戏,《约翰王》若无群角凑戏,尤其私生子和康丝坦斯夫人大放异彩,那约翰王这个历史上的"无地王"势必成为舞台上的"无戏王"。

3. 当代莎学家眼里的约翰王

英国莎学家乔纳森·贝特(Jonathan Bate, 1958—   )所写皇莎版《莎士比亚全集·约翰王》导言①，可算当今英语世界最新《约翰王》研究成果之一。他的写法很妙，以一则英国文坛逸事开篇，讲 1811 年 4 月间，英国著名小说家简·奥斯汀（Jane Austen，1775—1817）与哥哥亨利（Henry）一起住在伦敦，奥斯汀在一封写给家里的姐姐卡桑德拉（Cassandra）的信中抱怨："真倒霉，今晚的演出变了，——由《约翰王》换成《哈姆雷特》，——我们改周一去看《麦克白》。"贝特随即评述："两个世纪之后，我们很可能感到诧异，像简·奥斯汀这样眼光如此挑剔的女性，宁可看《约翰王》，也不愿看《哈姆雷特》或《麦克白》。然而，有个简单的解释：奥斯汀是萨拉·西登斯的资深崇拜者，西登斯是那个时代最伟大的女演员，她最为人称道的角色之一便是那个激情四溢的康丝坦斯王后——像莎士比亚全部英国历史剧中任何一个女性角色一样令人满意。"

可见，西登斯的出色表演使康丝坦斯这个舞台形象深入人心，历代不衰。贝特由此继而分析："《约翰王》在 19 世纪备受推崇，并不单因为这位受了委屈的母亲康丝坦斯。维多利亚时代（Victorian era, 1837—1901）的人多愁善感，他们醉心于少年亚瑟哀婉动人地劝说休伯特别用热烙铁烫瞎他的双眼。但剧中戏份最重的角色，是那个私生子菲利普·福康布里奇，他的戏份比那个冠以剧名的优柔寡断的国王还重。这个人物令德国浪漫主义批评家奥古斯特·威廉·冯·施莱格尔（August Wilhelm von

---

① 下文中贝特的相关论述，皆引自［英］乔纳森·贝特、［美］埃里克·拉斯穆森编：《莎士比亚全集·约翰王》，外语教学与研究出版社，2008 年，导言。文字稍有修改，其中所引莎剧译文均为笔者新译。

Schlegel, 1767—1845)为之动容：'他嘲笑隐秘的政治权谋，却并非不赞同，因为他承认，连他自己也要竭力凭借类似手段撞大运，唯愿成为骗人者，而非受骗之人，因为在他的世界观里，别无选择。' 私生子——一个虚构的戏剧角色，并非真实的历史人物——是莎剧进展中一个自私唯我类型的关键角色，《奥赛罗》(Othello)中的伊阿古(Iago)和《李尔王》(King Lear)中的埃德蒙(Edmund)使这一类型达到巅峰。但他是剧中最能引起人们共鸣的成年男性。他有心机，有智慧，渴望仕途。其他人只是政客。在对政客们的阴谋所做的灵妙剖析上，《约翰王》堪称莎士比亚最现代的戏剧之一。剧情设定在一个封建世界，那里的君主被视为上帝在人间的代理人，该剧把权力揭示为人们在饥饿中抢食的一件'商品'。"

贝特充分肯定私生子这个角色，认为："私生子是观众唯一信得过的角色，因为他信得过我们。那些提供他思考过程的独白和自我意识的剧场性，允许观众分享他的空间。他同时对两位国王说'不如二位国王听我劝'，使我们享受他的放肆，因为他使我们成为故事的一部分。他对在舞台围廊的'城垛'上观战的昂热城民讲的那几行台词，同样适用于买票看戏的观众：'他们安然站在城垛上，像在剧场里，对你们独创的场景和决战表演，咧着嘴，品头论足。'"

显然，贝特的历史和学术维度为非英语国家的学者所欠缺，这自然也是英国人研究莎士比亚的独特优势所在。显然，将贝特的长篇论述摘引如下，有助于领会和诠释《约翰王》的多重面向和含义：

　　"当英吉利海峡两岸敌对的两支军队围攻昂热时，法兰西国王曾对昂热城民说：'说吧，城民们，为英格兰。'在莎士比亚全部历史剧中，《约翰王》是最明确追问为英格兰代言有何意味的一部戏。它探讨的关于合法性和继承性诸问题，关乎英格兰都铎王朝①每一户有产家庭，当一个年迈无子的女王高居王座之时，它对于君主政体的意义尤为重大。在更为人所知的《李尔王》一剧中，合法婚生的嫡子埃德加(Edgar)品行良善，非婚生的私生子埃德蒙(Edmund)是个恶棍。《约翰王》构想了一种更富挑战意味的可能性：假如一个伟大的国王死去，他最勇敢、最诚实、最聪明的儿子，是一个私生子。在这种情形下，以德为本选定合法继承人是不可能的：倘若王位由一个私生子继承，整个君主体制的合法性都会受质疑，父系政体、法律、教会和家族之前天衣无缝相互依存的关系势必开始瓦解。

　　"'狮心王'理查一世是一位可做楷模的国王，死时没留下亲生儿子；顺位继承人弟弟(杰弗里)也死了。谁来继位，是顺位的下一个弟弟(约翰)，还是头一个弟弟的儿子(亚瑟)？似乎还嫌不够乱，谁为英格兰代言的问题，又与其他关于合法性的争论搅在一起。何谓英格兰领土的地理疆域？——英格兰有保留统治部分法兰西领土的权利吗？而且，谁来代表英格兰宗教？这一棘手问题，焦点在于任命谁为新一任坎特伯雷大主教，领导英国教会？是教皇有权把他的人选强加于人，还是英国该为自己的教会

---

　　① 都铎王朝始于亨利七世加冕国王的 1485 年，历经亨利八世、爱德华六世、玛丽一世，止于伊丽莎白一世去世的 1603 年。

事务发声？君主政体可否在某一点上合法拒绝教皇的意愿？这种对抗势必在都铎王朝的观众①心里，对亨利八世的离婚纠纷和16世纪30年代与罗马教廷决裂产生回响。

"在新教意识形态里，约翰王因其挺身反对教皇专制，成为一个英雄。他被视为前世的亨利八世。16世纪中叶，狂热的新教徒约翰·贝尔(John Bale)据此写过一部宫廷戏，那个时候，一部出自无名氏之手、很可能是莎剧文本主要素材来源的两联剧《约翰王朝》，里面正泛滥着半生不熟的反天主教宣传。莎士比亚这部戏常被当作他忠于新教的证据：18世纪30年代，因担心詹姆斯二世党人起义，该剧经改编在伦敦上演，剧名毫不含糊地冠以《约翰王朝期间的教皇专制》。不过，莎士比亚的真正用意既深刻又含混。在约翰"凡意大利神父不得在我领土内征税"这句话里，反天主教意味明晰可见，剧中的教皇使节潘杜尔夫主教是一个诡计多端的政客，说话拐弯抹角、含糊其词("你发誓，只是为了背弃誓言，越发誓，越违背誓言")，也是明证。同时，约翰被贬称为"假冒的君王"，而且他的模棱两可很难使他成为一个统治者的典范。

"回到第一场戏，当继承权与信仰、权力与所有权的一切难题毫无解决办法之时，一名郡治安官登场。他的亮相代表诸郡的司法权，'乡村'利益与'宫廷'利益两相对立。诸郡中的两兄弟谁将继承一小块地产，狮心王理查的兄弟约翰和杰弗里(通过亚瑟)谁将继承整个国家，两个问题平行对应。此外，对于16世纪90

---

① 这里尤指伊丽莎白时代的观众。

年代的观众来说，一桩设定在遥远 13 世纪的纠纷，可能回应着当下的争端，在他们自己所处的时代，无人不知。一名议员在平民院发言时，会说出人们指望本该出自女王之口的话：'我代表全英格兰。'在许多地方，人们秉持这样一种观念，认为'英格兰'并不等同于英国女王和她在伦敦及其周边的宫廷。尽管都铎王朝的君主们试图在各郡建立法定代理人的网络以便统一全国，但'乡村'绅士阶层以及北部和西部的封爵贵族仍强烈捍卫他们的自治权。

"私生子自称绅士，生在北安普顿郡；他'好一个直肠子'，换言之，他是一个说话爽直的英格兰乡民；后来，他向英格兰的守护神圣乔治求助。他嘴里说的，便是莎士比亚自己的出生地，即英格兰腹地中部地区的话。他有一个选择：要么继承福康布里奇的产业，要么去'撞大运'，虽说没继承权，却可以采用那个非婚生下他的国王父亲陛下的姓氏。

"英国绅士阶层的规范是长子继承土地，次子随处流动，可去伦敦，找一份律师的差事，当牧师，从军，出任外交使节，甚至可能从事娱乐业。稳定的合法性与冒险家的生活对立起来。私生子接受了自己非婚生的庶子身份，宣布放弃其实可以享有的土地（由于他是母亲、而非父亲通奸所生，因此与《李尔王》里的埃德蒙情形不同，他的继承权不会被强行剥夺），步入家中次子常走的路。这和莎士比亚离开埃文河畔的斯特拉福德时的做法一样。

"福康布里奇夫人和詹姆斯·格尼的到来，进一步强调了私生子源出英格兰中部，他们俩一身骑马装，表示由乡间赶来宫廷。随后，私生子把他同母异父的弟弟描述成'巨人科尔布兰德'。科尔布兰德是一个丹麦入侵者，在一场单打独斗中被'沃里克的盖伊'(Guy of Warwick)击败——盖伊在通俗读物、民谣和戏剧里，是一位脍炙人口的传奇人物。假如罗伯特·福康布里奇乃科尔布兰德之象征，那私生子便象征着沃里克郡的民间英雄盖伊。假如北安普顿的郡治安官代表他在诺丁汉的同事，他甚至可能是一个翻版的罗宾汉(Robin Hood)。罗宾汉，这位约翰王朝时期最著名的民间英雄，他不能亲口说自己的名字，因为一说名字，国王随即变成恶棍。莎士比亚不想在戏一开场就这样做，因为，一则，他希望将约翰和亚瑟声称的合法继承权问题保留开放性，二则，在他写作时代的编年史和戏剧传统里，约翰王因拒绝让教皇提名的斯蒂芬·兰顿出任坎特伯雷大主教，已成为一个新教英雄的原型。

"当教皇把英国国王逐出教会，并准许——其实是允诺——将任何一个谋杀他的人封为圣徒，人们不可能把伊丽莎白时代的英格兰与此对应之处忽略掉，教皇当时对女王下达了同样的判决。变幻无常的法兰西左右摇摆，此处与现实的对应并无二致（埃莉诺王后高喊：'啊，法国人反复无常，邪恶的反叛！'）：16世纪，法兰西饱受因宗教引起的内战蹂躏，几乎没人猜得出，国家会终结在一个天主教徒手里，还是由一个新教徒登上王位。'战争的搏斗精神与横眉怒目'主宰了这部戏的剧情，正如在尼德兰、爱尔兰等地发生的宗教和统治权的战争，影响到莎剧观众们的生活那样。私生子像《特洛伊罗斯与克瑞西达》(*Troilus and Cressida*)里的忒耳西忒斯(Thersites)一样，——虽没那么凶

残——剖析了联盟和分裂导致的混乱：'疯狂的世界，疯狂的国王，疯狂的妥协！'

"私生子代替'沃里克的盖伊'，盖伊代替古英格兰的罗宾汉。当理查（'那位力掬狮心、在巴勒斯坦进行"圣战"的理查'）在中东投入'圣战'之际，是罗宾汉在国内捍卫着他作为一个好国王的价值。随着剧情发展，私生子的角色变为那位已故狮心王的替身。他以约翰的名义投入战斗，在某个时候，离升入王座仅一线之隔。他在剧终代表英格兰说的几行台词，那厌世的声音也是他的创作者的声音，这位创作者在其《亨利六世》（*Henry VI*）系列剧中，展示出英格兰自我背叛的血腥后果。"

4.蒂利亚德心中的约翰王

英国著名批评家尤斯塔斯·曼德维尔·韦滕霍尔·蒂利亚德（Eustace Mandeville Wetenhall Tillyard，1889—1962），是 20 世纪西方历史主义莎评乃至整个历史主义文学批评的代表人物，在其学术名著《莎士比亚的历史剧》（*Shakespeare's History Plays*）[①] 书中以专章论及《约翰王》，他意味深长地指出，该剧最出彩的高潮戏的主题是"反叛何时被允许了"。以下援引蒂利亚德的论述来分析：

"这段剧情发生在第四幕第三场，亚瑟从城垛跳下摔死，反叛的贵族、私生子和休伯特先后发现尸体。贵族和私生子的反应形成明显对照。彭布罗克、索尔斯伯里和毕格特见亚瑟已死，便

---

① 下文中蒂利亚德的相关论述，皆引自［英］蒂利亚德：《莎士比亚的历史剧》，牟芳芳译，华夏出版社，2016 年。文字稍有修改，其中所引莎剧译文均为笔者新译。

认定是被约翰所害,其过度的情感表达显出这一推断的轻率。"

> 索尔斯伯里　……这是谋杀之家盾徽上的顶饰,顶饰的顶
> 点,顶饰的高峰,顶饰上的顶饰:这是最血腥
> 的耻辱,最野蛮的暴行,最卑劣的打击,是怒
> 目圆睁的狂怒、或拧眉立目的暴怒造成的惨
> 景,令人流下温情悲悯的泪水。
>
> 彭布罗克　　与此相比,往日一切谋杀皆可宽恕。这件谋
> 杀,如此独一无二,如此难以匹敌,将把一种
> 神圣、一种纯洁,加在还没发生的罪恶头上;
> 还将证明,一场可怕的杀戮与这臭名昭彰的
> 先例相比,顶多算一出闹剧。

在此,私生子的克制和理性与贵族的肤浅情感截然不同,他补充说:"这是一桩该罚下地狱的血案:假如出自一只人手,那必是一只亵渎神灵的笨重之手所为。"

按蒂利亚德所说,这里的"亵渎神灵"(graceless)乃超出神恩范畴之意,与所有贵族的夸张之辞相比是更为严厉的指控,但说话之人拒绝在真相大白之前便提出这一指控。贵族们确信约翰有罪,因此反叛乃符合道德之举。休伯特一露面,若非私生子介入,他们会把他当成约翰指派的凶手杀死。贵族们离开后,私生子不再需要平衡他们的轻率之举,这时,他脑子里的挣扎才真正开始,反叛的问题以最尖锐和最令人分心的形式提出来。所有外在证据,无论对休伯特还是对其主人,都极为不利。在强烈怀

疑刺激之下，私生子道出一段充溢着真诚激情的诗，与此前索尔斯伯里和彭布罗克过分矫饰的言词形成鲜明对比：

> 哪怕你只点头答应过这最残酷的行为，你也没指望了。如果缺绳子，从蜘蛛肚子里织出来的最细一根丝就能勒死你；一根芦苇便是一根把你吊上去的横梁；或者，你若想淹死自己，一把勺子，只往里倒一点儿水，它会变得像大海一样，足以呛死你这个罪犯。我确实非常怀疑你。

尽管休伯特声言无辜，私生子仍对他深表怀疑，这迫使他在反叛还是效忠一位篡位（至少名声不佳）的国王之间，做出可怕的选择。他用手指着亚瑟的尸体，对休伯特说：

> 去，把他抱起来。——我不知所措，觉得自己在这布满荆棘和危险的世界迷了路。——你这么容易就举起整个英格兰！生命，权利，以及这整个王国的真理，都从这一小块儿王者的尸身飞向天国；丢下英格兰，任人拉拽、抢夺，像贪食的动物一样，撕咬这个王权有争议的、胀满骄傲的国家。眼下，为了像狗一样抢食王权这根啃得精光的骨头，凶猛的战争竖起愤怒的颈毛，在温柔的和平面前号叫。现在，外来军队和国内心存不满之人齐心协力：一场巨大的灾难，等待着篡位的王权即将垮台，活像一只乌鸦等着啄食一头病倒的牲畜。此刻，谁的斗篷、腰带能经受住这场暴风雨，谁就是幸运者。——抱着那孩子，赶快跟我走：我

要去见国王。

有一千件事亟待解决，

上天对这国土皱了眉。

蒂利亚德进而论述："这些怀疑折磨着一个执行力很强的人，十分触动人心。在此之前，私生子只需效忠主人，眼下，他不得不考虑亚瑟之死的整个情形。他承认亚瑟有权继承王位，怀疑约翰是害死亚瑟的主谋，清楚这片国土的信誉遭到严重破坏。他势必要在反叛之罪和效忠一个糟糕主人的屈辱两者间做出抉择。他以超卓的力量和速度毅然做出抉择，从困惑迷茫中转向为国王的'一千件事'奔忙。"

蒂利亚德认为："其实，是私生子想清楚了，虽说约翰不是一个好国王，但他并不是理查三世那样的暴君。私生子没想错，尽管约翰不是个好国王，但明智之举莫过于，默许他的统治，寄希望于上帝令他向善，明白反叛之罪只会叫上帝加重这个国家已在承受的惩罚。由于私生子的坚守，国家免遭法国人击垮，上帝通过不久之后亨利三世(Henry Ⅲ, 1207—1272)统治下的联盟，昭示出神的宽恕。"

之后，在论及《亨利六世(中)》里君王类型的人物时，蒂利亚德指出："构成真正国王的性格，除了狮子和狐狸的特点，还要再加上另一种动物——鹈鹕——的特点，私生子兼具这三种动物的特点。他的掌控力不言而喻，前引他所说有关亚瑟尸体的话凸显出这一点。只有性格异常坚定之人，才能在由如此可怕迷局而感困扰时，仍能如此迅疾地做出决定。约翰在下一场戏里，软弱地将王冠交给潘杜尔夫，并非偶然。在此之后，约翰的决心便随着私生子的是否在场变得果决或游移。出手迅速与决心密切相关，私生子挺身为休伯特挡住索尔斯伯里的进攻只在一瞬之间。索尔斯伯里刚一拔剑，他马上说：'你的剑没用过，先生，收起来吧。'临近剧终，当他以为法国王太子还在追击国王的军队时，建议'立刻迎敌，否则，立刻被攻'。"

在蒂利亚德看来："作为一只狐狸，私生子的狡猾大多是虚晃一枪，尽管结果相同，但他不像布林布鲁克（未来的亨利四世）那样，是一个严格意义上的马基雅维利式的人物。在圣埃德蒙兹伯里，他来到法国王太子和英国的反叛贵族面前，替约翰编出一段胸有成竹鄙视对方的话，而实际上，英国军队正深陷困境，远不足以支撑这番言论：

> 现在，听听英国国王怎么说，此时我代表英王陛下：他准备好了，理由充分本该这么做。对这次像猴子似的无礼进兵，对这场顶盔掼甲的假面舞会，对这一鲁莽的狂欢，对这支从未听闻的傲气、稚嫩的军队，国王淡然一笑；他充分备战，要把这场侏儒似的战争，把这支矮子军队，从他国土圈子里赶出去。

"第一幕结尾前，私生子第一次独白，自认具备'上升精神'（mounting spirit），他要研究这个时代的口味，使自己在'升至伟大的步履中'少一些滑倒的'甜蜜的毒药'。但即便他在此处有意表现得只图私利，且也意在逢迎时代，但其目的不为骗人，而只

求避免受骗上当：'我不想用这套本领去骗人，但为避免被人骗，我非得把它学会。'

"第二幕结尾处，他第二次独白，说到'私利'，再次说自己十分糟糕，只因从未受过诱惑才没犯下贪腐之罪：

> 我干吗痛骂这'私利'？只因他从没追过我：这并非因为，当他拿晃眼的天使币向我手掌致敬时，我有收手攥拳的力量；而只因为，我的手还没受过诱惑，好比一个穷叫花子，张嘴便骂有钱人。那好，只要我是叫花子，就张嘴开骂，要我说，世间除了富贵，没有什么罪恶；
> 等我有了钱，自然有本事改口说：
> 世间除了那叫花子，没什么罪恶。
> 国王尚且为了一己私利背信弃义，
> 我便拿私利当君王，我来崇拜你！

"事实上，私生子有一种英国人担心表现得过于严肃或正直的心理。如此宣称并不代表他真的腐化了，恰如他此后的插入语并不代表他缺乏宗教信仰：'只要我还记得圣礼。'

"在实际行动中，私生子既忠诚又自我克制，或至少有鹈鹕的责任之心。他对着约翰尸体所说的话绝无不真诚：'您就这样走了？我留存于世，只求为您效劳、替您报仇，然后我的灵魂陪护您升天，犹如尘世之中我始终是您的仆人。'"

蒂利亚德认为："莎士比亚在创造私生子这个形象时，充满激情，并赋予他一种坚不可摧的个性，使他身上所有的君王特点都富于生命力，然而，在剧中理应更出色的人物，真正的国王约翰身上，却缺乏这些特点。”

除了对私生子的剖析，蒂利亚德也像乔纳森·贝特一样，认为：“康丝坦斯夫人是剧中第二重要的角色，而这主要归功于西登斯夫人的倾情表演。康丝坦斯夫人不像私生子那样令人惊异，但这个人物形象，标志着莎士比亚在把人物个性化、特征化过程中迈出一大步。

“我们理应认为她年轻、漂亮、聪慧，她的青春活力与魅力悲剧性地汇成一股悲伤过度的洪流。腓力国王提及‘在她那丛美丽的长发里’时，暗示出她的美貌。聪敏的智慧使她在婆婆那儿每次都占了上风，比如，当她们在法兰西第一次见面时，她用了‘will’的双关意涵——遗嘱/心愿。

埃莉诺	你这粗心的泼妇，我可以拿份遗嘱给你看，上面写明你儿子没有合法继承权。
康丝坦斯	是呀，谁还能怀疑不成？遗嘱！一份邪恶的遗嘱，一个女人的心愿，一个烂了心的祖母的心愿！

“再如，他模仿对幼儿说话的口吻：

埃莉诺	到祖母这儿来，孩子。
康丝坦斯	去，孩子，找祖母去，孩子。把王国给祖母，祖母会赏你一枚洋李，一颗樱桃，一个无花果：

那真是你的好祖母。

"哪怕处于最悲痛之际,她也不失机智,比如在痛斥誓言非战斗到把亚瑟推上王位决不罢休的奥地利大公时,她提到他身上披的狮子皮:

> 啊,利摩日,啊,奥地利大公,你叫那血淋淋的战利品蒙羞:你这奴才,你这坏蛋,你这懦夫!你勇气不够,邪恶有余!你攀附强者,永远恃强凌弱!你这替命运女神打仗的战士,若没那位喜怒无常的夫人保你性命无忧,你绝不出战!你也是背弃誓言之辈,只会巴结权贵。你真是一个傻瓜,一个张狂的傻瓜,竟吹牛、跺脚、发誓,声称支持我!你这冷血的奴才,不是像雷鸣一般为我说过话吗?不是发誓做我的战士,叫我依靠你的星宿、你的命运、你的力量吗?而今竟变节投敌?你居然披着那张狮子皮!脱喽,别丢脸,给你那胆小的肢体披一张小牛皮吧!

"当痛苦快把她逼疯时,她话里透出的敏锐想象力,可与莎士比亚后来塑造的比阿特丽斯[Beatrice,出自《无事生非》(Much Ado About Nothing)]和罗莎琳德[Rosalind,出自《皆大欢喜》(As You Like It)身上所具有的女性光辉相媲美:

> 死神,死神:——啊,可爱的、亲密的死神!你这芳香的恶臭!健全的腐烂!最令好运憎恨、恐惧的死神,从你永恒

之夜的眠床上起身，我愿吻你可憎的枯骨，把我的眼球放入你空洞的面额，把你居所的蛆虫当戒指戴满我的手指，用令人恶心的泥土堵住这呼吸的缺口，变成一具像你一样的枯骨怪物。来，咧嘴冲我笑，我要把你的呲牙当微笑，我要像你妻子似的吻你！"

最后，论及《约翰王》的结构，蒂利亚德不无微词，认为："这部戏缺少整体性，前三幕确实线条清晰，写出了复杂的政治行动和追求私利的野心家变来变去的动机，康丝坦斯和私生子这两个最聪明的参与者给出的批评话语使其更具有活力。包括昂热城战前所有事情的第二幕，是莎士比亚笔下最大，同时也是最活泼、丰富，并具有娱乐性的战争戏之一。第三幕第四场，作为一场政治戏而非真正的战争场景，潘杜尔夫主教劝说法国王太子坚持入侵英国的计划时非常精彩。该剧开场约翰对法兰西使臣夏迪龙的蔑视也十分出彩，其表达都很迅捷，对昂热城之战前的事态广度均是一种完美铺垫。但在最后两幕，政治行动原有的广度、强度都丢了：要么压缩成更具个人化的处理，比如亚瑟受到威胁要被弄瞎眼睛和私生子面对亚瑟的尸体深感困惑两个场景；要么做了弱化或仓促处理，比如约翰把王冠交给潘杜尔夫及其在修道院死去两个场景。即便撇开最后两幕的剧情变化不谈，各场戏之间也缺乏有机联系。

"亚瑟尸体这件事本身的意义非比寻常，但它的能量和新的自由诗风与亚瑟恳求休伯特别弄瞎自己的眼睛，两部分差异很大。通常的看法，要么赞誉这一恳求极为动人，要么批评它十分做作,简直难以忍受。它的确有些做作,不过对于伊丽莎白时代的观众并非不能忍受。他们很可能以为它在展示修辞,而它确如莎士比亚许多别的戏一样,在修辞上精雕细琢,把词语游戏玩得优雅有余。可是,它同前几幕有过的语言上的过度表达不一致。事实上,后两幕戏很难自然融入整部戏中。反叛可能是后两幕的首要主题,且对该剧题材提供出某种连贯性,但它并非由前三幕的特有价值中自然生发,而是变为一种个人困境出现,它没能作为主导性动机来影响成千上万人的情感、命运,没能把后两幕同此前的重要场景连在一起。

"同时,在剧情背景中,也没有任何道德动机赋予该剧一种虽难以界说却能感受到的统一性。被私生子拟人化了的'私利',只是一处细节而已。很难说,英格兰或国家本身在这部戏里出现过。私生子在其所说关于亚瑟尸体的最后一段话,把英国比喻成一根群狗抢食的骨头,在该剧末尾他则表明了一种重要观念:只要英格兰内部团结便无坚不摧。但该剧其他部分并未强化这一观点。比如剧中很少展现社会的不同等级, 很少有《亨利六世(中)》里出现的那种卑微角色, 他们代表了英国一个阶层的样貌。休伯特向约翰王描述普通民众散播亚瑟之死的消息,这一描述似乎是个例外:

> 满大街老头儿、老太太,因这凶险的天象做预测:年轻的亚瑟之死是他们的共同话题;一谈起他,他们都摇着头,一个个交头接耳;说的人抓住听者的手腕,听的人做出受惊的手势,皱紧眉,点点头,滚一下眼珠。我见有个铁匠,手

拿锤子，这么站着，只顾张嘴吞下裁缝的消息，连砧上烧的铁都凉了。那个裁缝手拿剪刀、量尺，穿着拖鞋，匆忙中还穿错了左右脚，他说有数千法军已在肯特排好战斗队形、严阵以待。正说着，一个脏兮兮的瘦小工匠打断他，又说起亚瑟之死。

"但我们读这段话时，关注更多的是其描述性的韵文，它让我们欣喜地看到莎士比亚在营造大的政治动机之外的真正才能，这一才能在该剧中是崭新的。

"尽管这是一部出色的剧作，充满新的可能和活力，但缺乏整体上的确定性内涵。此后，莎士比亚将在接下来的创作中实现这一可能，并达到新的确定性。"

莎士比亚的历史剧写作果真如此，艺术上最成功的历史剧《亨利四世（上、下）》和最能从戏剧精神上彰显英格兰爱国情怀的《亨利五世》，均在《约翰王》之后完成！

5.史学家笔下的约翰王

研究英国中世纪历史的史学家丹·琼斯（Dan Jones）在其所著《金雀花王朝：缔造英格兰的勇士国王及王后们》（*The Planta-genets : The Warrior Kings and Queens Who Made England*）①一书中，对约翰王做出这样的历史书写："约翰身后落下恶名：英格兰历史上最糟糕的国王之一，魔鬼般的谋杀犯，给本国带来暴政和

---

① 下文中琼斯的相关论述，皆引自［英］丹·琼斯：《金雀花王朝：缔造英格兰的勇士国王及王后们》，陆大鹏译，社会科学文献出版社，2015 年。文字稍有修改。

宪法危机。在其统治末期，最早版本的罗宾汉传奇开始流行，传奇讲述一位英雄好汉如何遭受国王手下贪官污吏的虐待，然后向敌人血腥复仇。这些故事的核心即权力如何被滥用。在漫长岁月中，约翰的名字和这些故事里最卑劣的邪恶之事紧密相连，他被人们斥为怪物、败贼、恶魔。然其所作所为，真比他那位饱受赞誉的王兄理查一世或父王犯下的某些罪孽更邪恶吗？也许并非如此，但约翰的名声比他们差多了。

"在最同情约翰的人看来，他的最大过错是生不逢时，他偏偏在国运日衰、大势已去之际当了国王。他把其父兄身上那些最残忍的本能合二为一，却没有他们的那份幸运。诺曼底失陷时，他回天无力，后来两次欲收复这个公国，都功亏一篑。他无法用个人魅力激励人民成就伟业，由此我们不禁会想，假如亨利二世甚或理查一世处于约翰在1204年的位置，他们有没有办法夺回诺曼底？我们很容易理解，约翰在1207年至1211年为何走出这样一条路，但除了他在迫害妄想狂驱动下镇压私敌之外，实在看不出其他任何一位身处其位的国王会采取什么不同的措施。曾有四个虚假繁荣的年头，约翰不仅是一国之君，还主宰着英格兰教会、英格兰的凯尔特邻国，及一部强力的司法和政府机器，即便王室可以残忍地利用这架机器满足私利，它也能在一定程度上保护平民免受贵族欺压。他没把男爵们当伙伴，而是以债主的身份虐待、鄙视他们。他没能及时认识到，这样做给自己造成多大麻烦。

"约翰给亲人留下的遗产就是一场灾难性的内战，外加法兰西的入侵。1215年《大宪章》只是一份失败了的和平协议。约翰和与他谈判、协商宪章条款的贵族们都不可能知道,他的名字,以及在兰尼米德签订这份文件的神话,将与英格兰历史永不可分。长远来看,事实的确如此。在约翰死后的许多年里,《大宪章》多次重新颁布, 发生在 13 世纪和 14 世纪的每一场宪法斗争的核心,都是如何阐释这份限制王权的复杂文件。当亨利三世努力夺回父亲丢失的权利和领土之时,《大宪章》决定了国王与贵族们斗争的具体条件。1225 年,《大宪章》再次重新颁布,其抄本钉在英格兰各城镇教堂的大门上公开展出,获得了传奇地位。《大宪章》的精神代表着英格兰国王的义务,即在其自己制定的法律框架内实行统治。尽管《大宪章》的传承颇为奇特,但它是约翰的遗产。"

颇具反讽意味的是, 时运不济的倒霉国王给后世留下一份伟大的遗产。

但显然,莎士比亚写他这部名叫《约翰王》的戏时,并没想把它作为遗产留给后世。恰如英国 18 世纪著名莎学家塞缪尔·约翰逊(Samuel Johnson, 1709—1784)在为其所编《莎士比亚戏剧集》写的序言中说:"莎士比亚似乎并不认为自己的作品值得流传后世,他并不要求后世给他崇高名望,他希望得到的只是当世的名声和利益。他的戏一经演出,他的心愿便得到满足,不想从读者身上再追求额外赞誉。"[1]

总之,《约翰王》在莎士比亚的历史剧中绝非上乘之作。已故英国莎学家乔治·哈里森(George Harrison)在其写于 1930 年

---

[1] [英]塞缪尔·约翰逊:《莎士比亚戏剧集》序言,李赋宁、潘家洵译。此文载于杨周翰编选:《莎士比亚评论汇编(上)》,中国社会科学出版社,1979 年,第 68 页。

的《莎士比亚戏剧反映的时事》一文中,对《约翰王》的评价是中肯的,并始终适用:"莎士比亚也生在大战时期①,他也许在无意间为那些用心听戏的人记录下了战争的某些方面和心情。除三篇《亨利六世》外,至少还有七部莎剧——《约翰王》《亨利四世(上、下)》《亨利五世》《特洛伊罗斯与克瑞西达》《科里奥兰纳斯》《皆大欢喜》——分明是战事剧;至于《理查二世》《无事生非》《哈姆雷特》《麦克白》《安东尼与克莉奥佩特拉》也都以战争为背景。显然,《约翰王》在这些剧本中最具史实意义,却是最差的一部戏。"②

---

① 当时处在伊丽莎白女王统治下的新教英格兰,随时可能与信奉天主教的西班牙和法兰西爆发战事。

② [英]乔治·哈里森:《莎士比亚戏剧反映的时事》,殷宝书译。此文载于杨周翰编选:《莎士比亚评论汇编(下)》,中国社会科学出版社,1981年,第123页。